AMOR SEM FRONTEIRAS

Rute Lombano

O pequeno Nico de apenas seis anos estava correndo atrás de sua nova pipa que o vento forte levava embora. Sem olhar para onde ia ele cai em uma cisterna abandonada. A perda do único filho faz Ivan enlouquecer, ele perde sua fazenda, sua família e sua vontade de viver. Dez anos se passaram até que estando a beira da falência aparece um anjo em sua vida que tenta levantar a sua propriedade a antiga glória, mas era apenas a fazenda que precisava ser salva? Ivan estava um fiasco.

ISBN-13: 9798500401243
ISBN-10: 1477123456

Cover design by: Art Painter
Library of Congress Control Number: 2018675309
Printed in the United States of America

AMOR
SEM
FRONTEIRAS
Rute Lombano

VIDAS DESPEDAÇADAS

Rute Lombano

Primeira Edição

Osasco – SP 2012

Edição da Autora: Rute Lombano

"Não espere por uma crise para descobrir o que é importante em sua vida."
Platão

Nota da autora: Esta é uma obra de ficção, qualquer semelhança com nomes, datas ou acontecimentos é mera coincidência.

CAPÍTULO I

O dia estava ensolaradoe quente, não era tipico do outono estar com a temperatura tão elevada, ventava bastante anunciando que o tempo mudaria a qualquer momento.

As folhas não estavam caindo tanto como nos anos anteriores, tudo estava mudado aquele ano, Nico corria pela fazenda como sempre fazia sem supervisão alguma pois era um garoto esperto que não saia da propriedade e não ultrapassava a barreira para o lado que ficava o gado do seu pai, ele tinha ordens expressa para não ir perto dos animais,

eles poderiam assustar-se com ele e vir a feri-lo. Seus pais estavam cada um ocupado com os seus deveres, o campo era o seu lugar favorito, havia muito espaço para que pudesse correr livre e brincar, sua pipa estava no céu, linda, com papel brilhante que seu pai havia feito para ele com uma rabiola grande e colorida, ele estava indo cada vez mais longe para que ela fosse mais alto no céu.

Ele era um garoto saudável de cinco anos que sabia como poucos como manter aquele pequeno pedaço de papel com varetas alçando voo como se fosse um avião e ele o piloto. Como todos os dias estava correndo pelos campos ou com bola ou sua bicicleta ou outro brinquedo que fosse ele sempre voltava na hora certa para o almoço, mesmo sendo um menino magrinho ele comia como um "leão", dizia seu pai, e quando batia a fome ele já sabia que de longe poderia sentir o cheiro delicioso da comida sendo feita na hora e voltava para casa, sempre no mesmo horário.

Ele olhava para o céu e viu uma outra pipa que era tão bonita quanto a sua e muito maior, os dois resolveram travar um duelo em pleno ar, ele não usava qualquer tipo de cortante

pois seu pai lhe havia explicado o dano que isso poderia causar em outras pessoas.

_Nossa papai isso pode matar uma pessoa?

_Sim filho, isso é feito com vidro e não deve ser usado, isso quer dizer que você trapaceia no jogo, é como se você estivesse jogando bafo e colocasse cuspe na mão para virar todas as cartas, o que não é certo. Você entende?

_Claro pai, eu não vou fazer isso nunca, quero ser honesto.

Seu pai afagou seu cabelo desmanchando ele todo.

Nico olhava para o céu vendo que a outra pipa estava se aproximando da sua, ele com mestria de um menino bem mais velho do que ele fugia da pipa gigante. Ela tinha um rabo como se fosse de um peixe, ele já imaginava um tubarão igual o que viu na televisão ao lado do seu pai, ela parecia que queria engolir a sua. Ele fugia para mais longe, mas ela sempre chegava perto de forma ameaçadora, Nino queria que ele fosse embora o que não acontecia, ele estava recolhendo sua pipa quando a pipa que parecia a ele um tubarão deu um golpe de mestre e cortou sua

Nico ficou chateado e com muita raiva, o vento levava para o outro lado da cerca sua pipa, onde ele não tinha permissão para ir, já estava sentindo a fome chegando, sua barriguinha roncava, mas não poderia deixar que sua pipa feita com tanto carinho por ele e seu pai fosse levada embora de suas mãos.

A propriedade era toda cercada, assim como a da frente, era um terreno que fora abandonado por estar em processo judicial, uma pequena estrada estreita de terra batida separavam as duas propriedades, as vezes passava um ou outro carro para chegarem as outras fazendas mais ao longe, o que era muito raro. Nino olhou para um lado e para o outro nada, não havia uma viva alma se quer, resolveu quebrar as regras impostas por seu pai para nunca ultrapassar para o outro lado.

Mas a pipa colorida estava ali presa no galho de uma arvore que ele sabia subir muito bem como já tinha em sua fazenda nos pés de frutas. Ele pensava em qual das duas pipas estava presa, a sua ou a com rabo de peixe? Não importava, ele queira mesmo era sua pipa de volta. Atravessou a pista

chegando a outra cerca, estava apreensivo por saber que estava fazendo algo errado e se seu pai soubesse ia ficar muito bravo com ele impedindo-o de brincar sozinho novamente. Caminhava devagar por entre a vegetação fechada, até chegar onde estava a arvore e ver com satisfação a sua pipa presa num galho não muito alto.

_Minha pipa! - gritou ele – Então foi aqui que você veio parar.

Nico correu pela propriedade, estava num terreno

cheio de mato por todo lado, espinhos, buracos cavados por animais e outras coisas desconhecida por ele. Chegou perto de onde estava sua pipa, a arvore estava próxima a uma antiga cisterna abandonada, ela estava tampada com madeiras, seria fácil apanhar a pipa sem precisar subir na arvore, subiu na madeira vagarosamente sentindo segurança, pisou com o outro pé e segurou-se na manivela, levantou um dos braços não conseguindo puxar a pipa, deu um pulo e estava quase alcançando, deu um outro salto para apanhar a pipa e a tabua quebrou-se ao meio, Nino bateu com a cabeça caindo dentro da cisterna.

Ivan estava nervoso, sua melhor vaca leiteira ia participar da feira anual no fim de semana estava preparando o alimento dela queria que tudo estivesse em perfeita ordem.

_Rico, lava bem a Margô, as tetas precisam ser bem limpas, tome cuidado.

_Já estou tomando senhor Ivan, eu sei o que estou fazendo.

Antes que Ivan voltasse a dar mais ordens que o seu empregado já conhecia sua esposa chamava por ele.

_Estou ocupado agora Marli.

_Aonde está o Nico? Ele deveria já ter voltado para almoço.

_Deve estar brincando pelo campo, ele estava com a pipa que fizemos ontem. Ele estava eufórico para soltá-la.

_Estou preocupada com a demora dele.

_Esta brincando, criança não sabe a hora de volta, assim que sentir fome ele vem.

_Você sabe que horas é agora?

_Marli, por favor, não vê que estou ocupado, não

esquenta a cabeça, o menino sabe se cuidar melhor do que você. - Ivan volta sua atenção para o empregado. - Rico não esqueça os cascos.
_Sim senhor.

_Você não tem jeito Ivan, preocupa-se mais com sua vaca premiada do que com seu filho.

_Marli, ele esta bem, ele é um garoto experto. Se esta tão preocupada por que não vai procurar por ele?

_Muito bem Ivan, fique com sua preciosa vaca.

Ivan não olhou para a esposa nem respondeu, continuou a dar instruções ao peão sobre o animal. Marli rodava a propriedade ao lado de outro empregado, não encontraram nem vestígios do menino.

_Nico! - gritava ela por toda parte

Quarenta minutos depois voltava para casa para falar com o marido, encontrou Ivan entrando pela grande porta de folha dupla e o seguiu falando:
_Ele voltou?

_Quem?

_Seu filho Ivan.

_Você não foi procurar por ele?

_Estava até agora procurando por ele e não encontrei, rodei a fazenda toda e nada.

Ivan estava pensativo, começava a se preocupar, não acreditava que seu filho estivesse saído da propriedade sem autorização. Chamou os seus funcionários, cada grupo mandou para um lado da fazenda e ele seguiu com outro. Uma hora havia se passado e nem um dos dois grupos tinha sinal do menino, todos se encontraram próximo a casa grande.

_Nada senhor! - disse um dos peões

_Nada? Ninguém encontrou o Nico?

Todos balançavam as cabeças negando, Marli estava em prantos.

_Mantenha a calma Marli, não vamos perder as esperanças.

_Perder as esperanças? Manter a calma você pede? Nosso filho esta desaparecido e você ai se preocupando com a sua vaca, que ela morra, eu quero meu filho aqui. Vou chamar a policia agora mesmo.

_Acho que ela tem razão patrão, o menino esta há muito tempo desaparecido.

Ivan estava realmente preocupado com o sumiço do filho, achou melhor deixar que a esposa tomasse aquela atitude desesperada.

O dia não estava ficando pior a medida que o tempo passava, os bombeiros resolveram procurar fora da propriedade.

_Ele não tem autorização para sair da fazenda, não deve ter ido para lá. - disse Ivan ao bombeiro

_Temos que olhar por todos os lugares, pode ser que ele obedeça o senhor sempre, mas o senhor sabe como é criança as vezes tem a tendencia a fazer as próprias vontades.

Os bombeiros entraram na fazenda em frente sendo seguidos pelos peões da fazenda e por Marli.

Um deles viu o poço e uma pipa pendurada num dos galhos da arvore, ele gritou para os demais quando olhou para dentro e viu o menino.

_Eu achei! - gritou ele

Todos correram para a direção em que ele estava, o resgate foi perfeito, mas duas horas depois de iniciarem as buscas encontraram Nico sem vida.

Marli parecia fora de controle, agarrou-se a Ivan que não conseguia acreditar no que via, seu pequeno menino estava inerte nos braços do bombeiro, tudo por sua causa, por culpa dele que não encontraram seu filho com vida.

Ivan estava tremendo todo, estava fora de controle tanto quanto sua esposa, que acabou desmaiada nos braços de Ivan, mas como ele poderia segurar se não estava conseguindo nem ele próprio ficar em pé? O peso do seu corpo não era maior do que o de sua consciência, ao ver a esposa agarrada ao menino gritando.

Era o seu único filho, não podia acreditar que estava morto, ele olhou para cima e viu a pipa que fez para o filho, tudo por causa de um pedaço de papel e algumas varetas amarradas e uma calda colorida. Sentia-se fora daquele mundo, seu corpo estava ali parado, sua mente vagava e não processava nada, estava longe do pesadelo que começava a viver, a realidade não havia caído em sua mente ainda...

Queria arrancar o seu coração do peito para que ele não doesse tanto quanto estava doendo aquele momento.

Sua esposa providenciou tudo sozinha, parecia ter absorvido tudo de forma aceitável que ele não estava conseguindo fazer. Ivan estava sentado na sala, não comia, não bebia e não dormia, tudo havia desabado aos seus pés, a fazenda tinha mergulhado na mais profunda depressão e uma nuvem negra estava por cima de todos, ele sentia que estava sendo enterrado com aquele pequeno anjo, estava todo vestido de branco. Ivan não conseguia chorar, não esboçou uma única palavra, não olhava para nada nem para ninguém. Sua mente queimava como se estivesse em chamas, sua cabeça nem se quer raciocinava direito.

◆ ◆ ◆

Logo após o enterro, Ivan ficou parado no meio da sala vendo uma bola que seu pequeno Nino havia deixado jogada no canto para que ele brincasse com o pai assim que terminasse o trabalho na fazenda. Ele queria ser jogador de futebol, era o seu sonho, dizia isso com frequência para o pai. Marli olhava para o marido ali parado como uma estatua no meio de sua sala, não sabia para onde ele olhava ou o que pensava, começou a jogar várias criticas em cima dele e toda a culpa pela morte do menino, dizia que estava sendo muito frio quanto a morte do filho.

Ivan soltando um grito tão alto quanto um urro de um animal ferido que parecia que vivia dentro e havia saltando das entranhas colocando para fora tudo o que estava sentindo. Marli calou-se na hora olhando espantada para o marido.

_Agora é tarde para você chorar pelo seu filho Ivan. Você protege mais suas vacas, seu gado, sua fazenda do que protegeu seu filho.

_Mentira! - gritou ele

_Você nunca ligou para ele.

_Você mente.

_Não senhor.

_Eu amava meu filho.

_Agora quem mente é você.

_O que está dizendo mulher. Cala tua boca, me deixa em paz com a minha dor.

_Vou deixá-lo sim, mas não em paz, você vai ter a sua consciência para falar por mim e por Nino.

◆ ◆ ◆

Ele não respondeu ficou parado ainda olhando para a
bola.

_É a ultima vez que você me vê nessa casa.
Assim que ela saiu, ele agachou-se e pegou a bola na

mão abraçando, sentou no chão chorando e por ali ficou
tempo suficiente para ver Marli carregar suas malas para
o carro e ir embora.

O dilema começava, dez longos, pesados e
amargurados anos se passaram, foram difíceis para Ivan,
sua fazenda não era mais a mesma. O gado mais
premiado da região fora vendido, apenas duas vacas e um
boi foram deixados por estarem doentes, o divorcio saiu
caro e cheio de acusações, sua derrota na justiça perante
sua ex esposa o deixou na falência. Lutava agora para se
manter e não perder o pouco que lhe restava, resolveu
enviar uma carta ao seu antigo administrador.

Sentado na sala onde antigamente exibia luxo, agora
era tudo muito simples, de todos os empregados apenas
um casal de idosos ainda permanecia com ele.

_Essa é a minha única saída senhor Robério, se eu não

conseguir me erguer novamente vamos todos morar na
rua, sem um tostão. A Marli e o seu advogado me tiraram
tudo o que eu tinha. A Margô foi o que de mais valioso e
doloroso me aconteceu.

_Estava na hora do senhor e deixar essa fazenda

como foi na época do senhor seu pai.

_Estou seguindo seus conselhos! - ele olha para o empregado – Bons tempos aqueles.

_A resposta deve chegar quando?

_Logo, dona Estela.

Na semana seguinte a resposta chega, eufórico, Ivan lê a carta com letra grande e firme que mais parecia de mulher confirmando sua chegava no fim de semana.

_Ele confirmou senhor?

_Sim, mas a letra não é dele.

_Deve ser da filha, lembro que ele tinha uma menina que foi embora daqui ainda pequena.

Ivan tentava em vão cuidar da horta em baixo daquele sol escaldante, o pomar ele deixava para a natureza tomar seu curso sozinha, as poucas cabeças de gado que sobraram eram cuidadas com o que tinha, ninguém pensava em sacrificar um desses animais para comer, eles reproduziam comendo o mato em abundancia que havia, alias era a única coisa em abundancia que tinha por ali e não era cobrado nada.

Antigamente eram mais de mil cabeças, e tudo foi embora para pagar o divorcio e as dividas a fim, suas esperanças estavam depositada na confiança e competência do seu antigo administrador. Na sua carta pedia a ele que voltasse por um pequeno lucro que tivesse na fazenda seria o seu salario, não prometia muito porque não tinha dinheiro para isso.

Capítulo II

No domingo de manhã, logo após o café forte e quente que dona Estela preparou, chegou a noticia que a pessoa que Ivan
mais queria ver havia chegado numa caminhonete moderna e luxuosa, como disse seu Robério a ele. Ivan largou a caneca instantaneamente.

_Ele chegou?

_Bem...tem uma pessoa na sala que...

Antes que o empregado terminasse de falar, Ivan saiu correndo em direção a sala. Sua surpresa ao chegar foi

grande. Não era a pessoa que ele esperava. Parada a sua frente estava uma linda jovem de calças jeans, camiseta de mangas curtas e um casaco sobretudo, mesmo não estando tão frio quanto ela parecia esperar, usava botas e um óculos escuro que ela tirou assim que o viu entrar.

_Posso ajudá-la?

_Há, olá! O senhor dever ser o dono.

Ele não gostou de ser chamado de senhor, olhou para aquela jovem que não parecia ter mais do que vinte anos, e a forma arrogante que ela olhava para ele deixou-o nervoso.

_Sou sim, mas você quem é?

_Sou a pessoa que o senhor contratou. - respondeu

sorridente.

_Como assim?

_O senhor não contratou um administrador para sua fazenda?

_Sim, mas garanto que não foi você moça.

_Foi sim. - ela pegou a carta retirada do bolso do seu sobretudo e mostrou ele.

Ivan reconheceu de imediato a carta.

_Eu enviei essa carta há alguns dias, mas para o senhor Jordão. Como foi parar nas suas mãos?

_Exatamente para essa pessoa que o senhor diz.

_Então? Que faz aqui moça?

_O senhor não esta me reconhecendo não é?

Ivan examinava-a dos pés a cabeça aquele figura esbelta e provocante a sua frente.

_Desculpe, mas eu não me recordo de já termos sido apresentados.

_Eu era muito jovem quando fui embora daqui.

_Moça, seja mais clara, eu ainda não sei quem você é.

_sou filha do senhor Jordão, Melissa!

Melissa estendeu a mão para ele, ficou com ela parada no ar, pois Ivan não tinha a menor intenção de retribuir o cumprimento.

_E onde está seu pai?

_Ele não pode vir, como o senhor deve saber....

_Não sei de nada moça.

Melissa recolhendo a mão responde:

_Sinto muito.

_Contratei o serviço do seu pai e quero ele aqui agora.

_Isso é impossível!

_Nada é impossível para mim.

_Isso é sim.

_Diga onde ele esta e vou buscá-lo agora.

_O senhor não esta entendendo ou não esta querendo entender, ele faleceu.

Ivan ficou parado boquiaberto.

_Sinto.   muito, eu não sabia disso!

_Percebi. - respondeu com um lindo sorriso nos lábios.

_Obrigado por me trazer essa noticia tão triste. - Ivan falava com cinismo que havia se tornado peculiar de sua personalidade. - A senhorita pode ir, eu tenho muito o que pensar e não vou mais tomar o seu tempo, não precisava ter vindo de tão longe para me dar essa noticia, poderia ter apenas me escrito ou telefonado. Vou ter que procurar um novo administrador e isso vai levar um tempo.

_É por isso que estou aqui.

Ele olhou para ela e um sorriso de canto demonstrava que acreditava na sua competência por ser tão jovem.

_Você não está falando sério, está?

_Claro que estou. - ela pegou na bolsa o contrato que Ivan havia lhe enviado. - Eu tenho o contrato que o senhor mandou.

_Foi para o seu pai moça.

_O senhor assinou e eu também, então ele é valido.

_Não vale nada pra mim moça. Eu coloquei o nome do seu pai, se ainda nao percebeu.

Melissa ainda sorria confiante.

_Acho que o senhor nao sabia o nome do meu pai. Porque colocou aqui...- ela olhava para o documento que Ivan lhe entregou dizendo: - senhor Jordão...

_Eu sei o nome de todos os meus funcionarios, agora se me dê licença. - ele estende o braço mostrando a porta para ela.

_Eu já sou sua funcionária senhor Ivan.

_Entrega esse contrato moça, por favor! Ela faz o que ele lhe pediu.

_Olha aqui moça, - Ivan abre o contrato e coloca bem na frente do seu rosto de um modo que ela poderia considerar

bem indelicado – Aqui está, preto no branco escrito Senhor Jordão, agora por favor queira se retirar porque tenho muito o que fazer.

Ivan lhe mostra a porta outra vez.

_Se o senhor não sabe, Jordão é o nosso sobrenome, o nome do meu pai era Antonino. O senhor ou senhora poder ser considerado um pequeno erro de digitação. Então o contrato é valido.

Ivan pega novamente o contrato lendo, realmente cometeu uma terrível falha não colocando o nome todo do seu mais antigo funcionário. Era uma falha que lhe custaria caro, ele não lembrou-se do nome de batismo, pois todos o chamavam de Jordão que era dificil pensar que era um sobrenome. Agora a filha dele estava ali na sua frente exigindo um emprego achando que era seu por direito, um emprego que era de extrema confiança e competência, olhou pela janela, o que via não o agradavava como antes, a produtiva fazenda de leite, agora o que tinha era para o seu sustento e de seus poucos funcionários apenas. Não dava para mais nada, estava afundado nas dividas e sem perspectivas de sair daquela situação sem agravantes.

_Moça, o cargo exige muito de uma pessoa, não há lugar para uma pessoa tão jovem como você. Isso aqui não é mais a mesma fazenda da época em que seu pai cuidava de tudo.

_É, eu vi que está muito deteriorada.

_Preciso de um braço forte, pessoa de pulso firme e que tenha conhecimento na área.

_O senhor está olhando para ela. Aprendi muito com o meu pai.

_Acho que não é o suficiente, já que você daqui jovem ainda.

_Sai daqui e fui logo para a faculdade, fiz mestrado em administração, tenho vários cursos de agricultura familiar, agronegôcios, entre outros que posso provar ao senhor.

Melissa entregou a ela um curriculo que lhe pareceu muito bom para apenas uma pessoa tão jovem.

_Você me parece muito jovem para ter estudado tanto.

_Eu ocupava meu tempo com os livros e os estudos.

_Por que?

_O sonho do meu pai era ter a sua própria fazenda, eu queria que ele se orgulhasse de mim e que nao sentisse falta de um filho. - ela fez uma pausa para continuar – Queria recompensar ele pelo seu esforço, estudando, era o minimo que podia fazer.

_Ele chegou a realizar o seu sonho?

_Infelismente não senhor. Todo o dinheiro que

recebeu da indenização foi consumido pelo hospital.

_Ele morreu de quê?

_Câncer.

_Eu sinto muito. - Ivan não soube o que responder – Eu gostava e admirava muito o seu pai. Por isso o nome dele não me saiu da cabeça durante muito tempo para me ajudar a erguer essa fazenda de novo.

_É por isso que estou aqui. Prometo que vou fazer o melhor possível para erguê-la.

_Eu ainda não disse que está contratada.

_Por favor senhor Ivan, me dê essa chance de mostrar o meu valor. Eu posso fazer muito, não quero um salário alto, sei a sua dificuldade momentanea.

_Ela é temporária.

_Claro que é! É quando ela estiver produzindo novamente a tudo o vapor vai poder me dar um salário justo.

Ivan olhava para aquela moça a sua frente não acreditava que com mão tão leves e delicadas e um baton rosa fosse levantar uma fazenda de muitos arqueires, queria vê-la em ação e provar que estava falando a verdade.

_Moça, você vai chorar na primeira dificuldade que tiver.

Melissa olhou para ele desafiadora.

◆ ◆ ◆

_Eu não costumo chorar por tão pouco. E além do

mais, o senhor não me conhece e não sabe do que sou capaz.

_Muito bem, vou lhe dar a oportunidade de provar. Não sei porque, mas vou lhe dar essa chance. - ele a encara – Por causa do seu pai, que isso fique bem claro!

Melissa bateu palmas toda entusiamada, Ivan a olhava com aquele olhar reprovador deixando-a desconcertada.

_Vou pedir a dona Estela que lhe mostre o seu quarto e diga as regras que todos respeitam.

_Regras? - pergunta mas não obtem resposta, Ivan já caminhava pelo corredor chamando sua empregada – Eu também tenho as minhas.

Ele lhe deu as costas e saiu em direção ao corredor quando viu dona Estela aparecendo, era uma senhora de uns sessenta anos, gordinha, de baixa estatura, morena e vestia por cima do vestido largo um lindo e branquissímo avental, na cabeça o seu lenço colorido. Ele lhe disse algo e deixou a moça em seus cuidados.

_Como vai querida, acho que ainda lembra da sua Estela.

_Claro que sim! - ela deu um forte abraço naquela senhora – Como vai a senhora?

_Como pode ver, estamos todos indo conforme Deus quer.

_E o esposo da senhora, está por aqui?

_Sim, agora venha comigo, vou lhe mostrar onde guardar suas roupas.

As duas mulheres ficaram conversando por horas, o assunto era extenso.

_Dona Estela, o senhor Ivan me falou que aqui tem algumas regras. Pode me dizer sobre elas?

A velha senhora sentou-se na beirada da cadeira acolchoada próxima a cama, dobrou as mãos sobre o vestido, olhava para Melissa dizendo:

_O que o senhor Ivan quis dizer foi que ele não quer que você ou qualquer outra pessoa toque em certos assuntos por aqui. Acho que você lembra do filho do senhor Ivan, o pequeno Nico.

_Eu já havia saido daqui, quando ele nasceu, mas lembro dele quando estive aqui com meu pai para acertar as contas com o senhor Ivan.

_Você nunca deve tocar nesse assunto com ele. Eu disse e repito, nunca fale sobre o filho dele, nem o que aconteceu com o garoto, nem na esposa, nem no que aconteceu depois. Asssuntos proibidos por aqui.

_Nossa!

_O filho é assunto mais do quer proibido, ele tirou todos os retratos da casa, guardou as fotografias no sotão da casa e trancou, num sei onde está a chave.

_Imagino porque.

_Ele sofreu muito e ainda sofre eu sei. A esposa o acusou pela morte do menino, o pior foi quando ela lhe tirou tudo. Ele praticamente concordou com tudo o que o advogado exigiu. É por isso que a fazenda está nessa ruina. Apenas o meu esposo, eu e mais o Zezinho é que ficaram, todos foram embora.

_Inclusive meu pai.

_Seu pai já estava doente querida, ele ia se aposentar mesmo. - dona Estela olhou para Melissa que estava com a fisionomia triste – Mas vamos mudar de assunto, você já sabe sobre o que o senhor Ivan não vai gostar de ouvir e isso pode custar o seu emprego aqui. E a fazenda que o seu pai queria, conseguiram?

_Não, infelismente, o tratamento do papai e a minha faculdade foram consumindo tudo o que ele tinha.

_Eu e sua mãe eramos muito amigas, gostava muito dela, era uma otima pessoa, conhecia ervas como ninguém.

_Ela herdou da minha avó esse dom.

_E que dom minha filha, ela me curou de várias coisas, pena que se foi tão cedo!

_Mãos de fada! Era como meu pai a chamava.

Melissa e dona Estela ficaram conversando por horas enquanto ela desfazia as malas que retirou do carro, a velha senhora se dando conta da hora avançada saiu correndo do quarto para a cozinha.

Ivan estava carpindo em volta da horta quando viu Melissa caminhando pela propriedade, seu Robério que ajudava Ivan na tarefa, via o olhar do patrão sobre a moça.

_Misteriosa essa moça, não é patrão?

Ivan voltou a cavar a terra.

_Porque o senhor diz, misteriosa?

_O jeito dela, é calada, minha esposa disse que ela falou pouco, não lhe contou muito sobre como viviam depois que sairam daqui, apenas falou da doença do pai.

Ivan não respondeu, continuou seu trabalho, eles quase não se encontravam devido ao tamanho da propriedade e dos deslocamentos que Melissa fazia durante o dia todo, ela se mostrava reservada, ficava a maior parte do tempo no fechada no quarto, dava algumas voltas pela fazenda principalmente a noite quando não havia ninguém por perto.

Na manhã seguinte Ivan foi chamado às pressas por seu Robério, Melissa entrava no exato momento da correria dos homens.

_O que aconteceu dona Estela?

_Morreu mais um bezerro. O meu esposo e o senhor Ivan foram para o campo.

Melissa saiu da cozinha correndo na mesma direção que eles sobre os protestos de dona Estela.

_Não vai tomar o seu café menina? - gritou ela mas já era tarde, Melissa estava longe.

_Eita menina apavorada, não tomou nem seu café.

Melissa viu ao longe Ivan e o senhor Robério agachados sobre o corpo de um bezerrinho.

_Bom dia! - disse aproximando-se.

_De bom não tem nada moça. - disse em tom azedo Ivan

_Bom dia! - respondeu o senhor Robério na tentativa de apaziguar o clima.

_Eu soube o que aconteceu.

_Não é o primeiro caso. - falava seu Sobério

– O que você acha que é senhor Ivan?

_Não tenho a menor ideia! O pior é que não tenho dinheiro para chamar um veterinario.

Melissa agachou-se para observar mais de perto.

_Parece ser pneumonia.

Os dois homens olhavam para ela com curiosidade.

_Como você pode saber? Não é veterinaria, é?

_Não, não sou! Mas eu vejo que ele tem secreção nasal e ocular, eu tenho quase certeza de que é...

_Quase certeza? - Interrompeu Ivan

_É quase, como você mesmo disse eu não sou vetrinária para dizer com certeza, mas já vi isso na fazenda experimental da faculdade.

_Moça, você não é veterinária é?

_Não mas, como eu disse...

_Seu Robério, eu vou até a cidade ver se eu consigo trazer o veterinário aqui sem custos adicionais. - dizia Ivan levantando-se.

_Mas o senhor disse...

_Eu sei o que eu disse moça, mas não vou confiar em

seus palpites, quero a resposa de um profissional no assunto.

Ele retirou-se sem dizer mais nada, Melissa não conformada com aquela atitude táo intepestuosa foi correndo atrás   dele   gritando:
_Como você quer que eu administre sua fazenda se voce não confia em mim?

_Moça quem disse que eu quero que você administre a minha fazenda? Você é que se impôs.

_Não me chame assim que eu não gosto.

_Chamar assim como?

_Do jeito que me chama, eu me chamo Melissa. Chama-me pelo meu nome, por favor.

_Olha aqui....- Ivan fez uma pausa, arrumou seu chápeu para continuar – Senhorita...

_Melissa! - completou ela

_Isso. Eu preciso ir buscar ajuda, já perdi quase todo o meu gado, não posso me dar ao luxo de perder mais um bezerro se quer.

_Apenas me diz que confia em mim!

Os olhos de ambos ficaram fixos um no outro.

_Por...favor...confie em mim.

Ivan fez apenas um aceno de positivo com a cabeça e disse   a   ela:
_Venha comigo!

Melissa sorridente seguia atrás de Ivan.

Eles chegaram até a velha caminhonete, Ivan abriu a porta do carro dizendo:
_Espero não me decepcionar com você.

_Eu nunca te decepcinaria.

Com essa declaração, Melissa entra no veiculo. Rodaram por cerca de vinte minutos até chegarem a pequena cidade, Ivan estacionou o veiculo bem em frente a uma antiga casa com a porta próxima a rua, aproximou-se de Melissa dizendo:
_Eu vou falar com o veterinário que é um amigo meu e você faz as compras, tudo o que dona Estela precisa esta nesse papel, te encontro aqui dentro de uma hora.

Virou as costas para ela e foi embora. Melissa olhava para a lista de compras, não era o que queria fazer quando veio com Ivan, queria ir com ele falar com o veterinário, bufando de raiva olhava tudo o que tinha na pequena lista feita com uma caligrafia firme e muito bonita que ela classificou sendo de Ivan. Tudo o que constava ali era o essencial, não levaria mais do que quinze minutos para reunir tudo dentro de uma pequena sacola. No pequeno mercado da região pegou tudo o que estava na lista, resolveu colocar algumas outras coisas que achou serem bem importantes e que sentia falta na fazenda. Pagaria tudo com o seu dinheiro, dispunha de uma boa quantia deixada pela mãe que ela tomou posse assim que o pai faleceu, pois ele mesmo nunca lhe havia falado daquele dinheiro ou ela teria usado para o tratamento do pai, o que na carta que ele lhe deixou quando escreveu no hospital, ele dizia que não era justo que ela ficasse sozinha nesse mundo e sem nada para começar uma boa vida.

Não era uma quantidade que ela poderia sair esbanjando, mas era algo que lhe ajudaria muito a não passar por necessidade.

Ivan entra em um pequeno consultório dando de cara com a pessoa que veio falar.

_Bom dia Ivan, o que o trás por essas bandas?

_Gustavo, - disse pegando na mão do amigo – Como tem passado?

_Tirando os prós e os contra e essa gripe que não me deixa, tudo vai bem, e com você?

_É por isso que estou aqui.

_Algum problema na fazenda?

_Sim, e um dos grandes.

_Entre e me conte o que está acontecendo, podemos conversar melhor sentados no sofá.

Ivan acompanha o amigo até um sofá no canto do consultorio.

_Bom, você sabe que eu não disponho de muito dinheiro...

_E quem falou em dinheiro? Fala logo do que precisa.

_Você sabe que estou quebrado.

_Que isso, somos amigos. Me diz o que está

acontecendo.

_Tenho outro bezerro doente, nessa semana é o segundo, um já morreu e eu não sei o que acontece.

_Agora nesse momento eu não posso ir até lá, tenho uma cirurgia para daqui há pouco, estou esperando o meu paciente chegar.

_Tudo bem, venha quando puder.

_Mas me conte o que esta acontecendo para que eu possa ir preparado.

_Os sintomas são sempre os mesmos. Segundo a administradora...

_Você contratou alguém? E mulher?

Gustavo ria do amigo.

_Sim, você sabe, eu não estou em condições de me levantar sozinho sem ajuda.

_Você não está sozinho, tem muitos amigos.

_Eu sei disso, obrigado.

_Mas você estava dizendo que os sintomas são parecidos.

_Sim.

_E quais são eles?

_O primeiro sintoma que apareceu foi diarréia, agora secreção pelo nariz e pelos olhos.

_É bem provavel que seja pneumonia.

_Foi o que eu disse!

Melissa falou parada na porta ouvindo toda a conversa, os dois voltaram seus olhares para ela. Gustava foi o primeiro a se pronunciar.

_Melissa? A pequena Melissa filha do senhor Jordão, aqui?

_Como me reconheceu?

_E como não reconheceria? Você não mudou muito.

_Como vai Guga.

_Vocês se conhecem? - perguntou Ivan

_Mas é claro! Melissa costumava frequentar a casa

dos meus pais, ela e minha irmã eram muito amigas. - ele a beijou no rosto.

_E como está a Cintia? Ainda mora por aqui?

_Não, mora na cidade grande, ela esta melhor do que nós garanto a você! Venha juntar-se a nós.

Gustavo a puxava para o sofá onde estava sentado com Ivan.

_Cintia mora agora em Brasilia, casou-se com um deputado federal.

_Espero que esteja feliz morando na capital do país.

_Também espero, afinal foi a vida que ela escolheu.

_Acho melhor deixar a vida de Cintia de lado e voltarmos para o assunto que me trouxe aqui.

Melissa e Gustavo sorriam diante do comentário de Ivan.

_Muito bem, Ivan, como eu estava lhe falando,

pneumonia é algo comum se você tem estalações precárias como estão as suas. Você tem que se preocupar mais com o currar, é onde os seu animais ficam, devia se preocupar mais com eles ou perderia todos.

_Eu me preocupo demais com aqueles animais, mais do que de mim mesmo. Eu não tenho é condições de mantê- los saudáveis como deveria. Não quero que eles morram de fome, se eu cuidar das estalações não haverá comida suficiente para todos, o pasto não é tão vasto assim. A seca e as queimadas acabaram com boa parte.

Gustavo e Melissa trocaram olhares significativos.

_Ivan, eu tenho uma cirurgia agora, a minha paciente acabou de chegar. - disse ele olhando para o carro que estava estacionando em frente a sua clinica e dentre dele sai uma menina de uns dez anos com uma gata bem gorda nos braços. Ivan pega o seu chápeu batendo na perna, Melissa também levanta-se.

_Melissa, vou lhe entregar alguns antibióticos e quero que você administre.

Gustavo caminha até uma prateleira pegando alguns medicamentos entregando a Melissa.

_Este aqui é um enrofloxacina, uma das drogas mais recentes e poderosas. Possivelmente o pequeno terá que fazer fluidoterapia, tomar tonicos e fortificantes.

_Você acha que eu tenho dinheiro para tudo isso? Eu nem sei o que é fluidoterapia!

_Não se preocupe com isso agora, não da para adiar mais o tratamento.

Ivan estendeu a mão para o amigo que a apertou com
vigor.

_Obrigado por tudo Gustavo.

_Não por isso. - ele voltou-se para Meilissa beijando-a novemente no rosto depois de um longo abraço tudo sobre o olhar atento de Ivan. - Até mais Melissa, nos veremos em breve.

Ela apenas sorri em resposta e segue Ivan que já estava na porta.

_Onde estão as compras que eu lhe pedi que fizesse?

_Dentro da caminhonete.

_Como você fez em tão pouco tempo?

_A lista não era tão grande.

Ivan olhou para ela enquanto abria a porta, no caminho tentou conversar e saber um pouco mais sobre ela.

_Então...- começou ele – você conhece o Gustavo.

_Estudei com a irmã dele.

_Sim, e frequentava a casa deles.

_Claro eu morei aqui, nasci aqui, vivia aqui até que meu pai foi mandado embora, o que você queria?

_Não sei, eu nunca te via andando pela fazenda;

_Andava sim, você é que não me enchergava, talves por ser criança demais na época. Mas eu sempre estava por perto.

_Eu sempre trabalhei demais, nunca tive tempo de ser disperso.

_Eu sei disso, sei também o quanto aquela fazenda significa para você.

_Não significa tanto quanto você pensa.

Eles ficaram em silêncio até que Ivan voltou a falar.

_Você tem namorado? Deixou algum de onde veio?

_Não! - respondeu catégorica.

_Sei!

Ivan deu um tempo nas perguntas mas ainda não estava totalmente convencido e arriscou novamente.

_Já namorou? Digo...claro que já, mas o fato é que você é bem jovem...

_Não, eu nunca namorei.

Ivan olhou para ela com espanto, não esperava ouvir aquela declaração.

_Eu sei que é jovem ainda, mas nunca namorou?

_Não.

_E por que não? É bem inteligente, e se me permite dizer é bonita também, então o que aconteceu?

_Eu sempre me dediquei ao meu pai e depois aos estudos, não tive tempo para isso.

_Mas e o lazer? Nessa idade os jovens pensam em baladas, namorar, fazer loucuras.

_Eu não!

_Meu Deus, mo....- parou e olhou para ia chamá-la de moça novante e viu que os olhos dela estavam sobre ele e acrescentou – Você não viveu nada até agora.

_Ainda tenho bastante tempo para isso pode ter certeza.

_Então seu coração tem dono.

_Tem sim.

_Ele deve ser um rapaz de sorte.

_Acho que sim.

_Não se menospreze.

_Não estou, é que...não sei explicar.

_Tente, sou bom ouvinte.

_Desculpe, é que eu acho que esse assunto seja um tanto intimo.

_É verdade, desculpe! Você tem razão.

Ivan encerrou a conversa, estava passando pelo portão principal da fazenda, Melissa desceu e foi para parte de trás pegar as caixas com as compras.

_O que é tudo isso? - perguntou ao ver que Melissa tinha comprado mais do que ele lhe pediu.

_Oras, são as compras.

_Mas eu não pedi cremes, óleo corporal, absorvente...- constrangido ele parou. - Desculpe, eu nao queria ser indelicado. É que faz muitos anos que não tem uma mulher por aqui que eu acabei esquecendo do que vocês precisam.

Melissa não respondeu, apenas pegou a caixa e seguiu para a casa. Ivan sentia-se mal com a situação, pegou as outras duas caixas e a seguiu.

Capitulo III

Naquela mesma noite Ivan estava debruçado na varanda olhando a escuridão e a quietude de sua propriedade, a noite estava quente, o céu estrelado sem lua que ele pudesse ver, ouviu passos firmes e bem leve da sandália de Melissa bem atrás dele, não se voltou pois conhecia já aquele andar inconfundível, ele sabia quem chegava, ficou um pouco aborrecido por ter seus pensamentos interrompidos.

_Espero não está incomodando.

Ivan apenas balançou a cabeça e continuou olhando ao longe, ele brincava com uma palha na boca sem dar atenção a beleza ou ao suave perfume que vinha de Melissa, ela debruçou-se no parapeito do mesmo modo que ele.

_A noite está linda. - comentou Ivan sentindo que deveria dizer algo como desculpas pelo que aconteceu durante o dia.

Ela não disse nada, ele virou seu corpo ficando de lado olhando para ela.

_Eu queria que você me desculpasse por hoje. Acho que fui um tolo e grosseiro.

_Não se preocupe, está tudo bem!

_Faz muitos anos que não entra outra mulher aqui que não seja dona Estela. Acho que ela não tem mais idade para usar aquelas coisas...

_Ainda sente saudades de sua ex esposa?

Melissa fez uma das perguntas proibidas infligindo

as regras impostas, ela sabia que entrava em terreno perigoso e proibido, mas, mesmo assim, arriscou e ficou ansiosa pela resposta.

_Não, não sinto!

_Então seu coração está vago para novos sentimentos?

Ivan estava deslocado com aquelas perguntas, fora pego de surpresa, virou seu corpo de frente para ela na forma de intimidá-la, o que não aconteceu. Melissa olhava para ele com determinação em saber sobre o que ele sentia e parecia querer a resposta.

_Por que você pergunta?

_Oras, ainda é um homem jovem, bonito, interessante, dever ter muitas mulheres loucas para fisgá-lo.

Pela primeira vez desde que Melissa o conheceu não tinha visto o sorriso de Ivan, aquele momento pareceu a ela que todo o rosto dele brilhava, era o sorriso mais lindo que vira na face de um homem.

_Você diz que sou jovem, mas sabe quantos anos tenho?

_Sei.

_Sabe mesmo?

_Trinta e oito. Não estou certa?

_Sou quase um quarentão, e você diz que sou jovem?

Você está de brincadeira, se meu filho...- Ivan para de repente e muda totalmente sua posição, seu corpo fica ereto e calado.

_Continue.

Ele a deixa sozinha entrando na casa, ela o segue.

_Não vai me dizer o que está dizendo agora a pouco?
_Não quero falar sobre esse assunto.

Ele caminha pelo corredor entrando no seu quarto e fecha a porta. Melissa fica ali apenas ouvindo que ele chutava uma cadeira pois o barulho foi grande, até que tudo fica em silêncio.

Em seu quarto ela pensava em tudo o que ouviu de Ivan, não ia desistir assim tão facilmente, ele ainda ia se abrir com ela.

Os dias passaram-se lentamente para que Ivan ou Melissa vissem a melhora dos bezerros, ela fazia exatamente como recomendado por Gustavo. Depois do dia em que o viu sozinho na varanda, Ivan procurou não se deixar pegar mais e não baixava a guarda para que ela entrasse naquele assunto novamente. Ele apenas não conhecia a determinação que ela tinha.

Quandoos doisestavasozinhosnocampo administrando os remédios nos animais ela voltou a tocar no assunto.

_O que você ia falar sobre o seu filho que parou no meio da conversa?

_Já lhe disse que não quero retomar esse assunto.

_Por que não?

Ele ficou nervoso e gritou com ela.

_Porque não! Me deixa em paz.

Ele caminhava firmemente para o mais longe dela possível.

_Ivan você não pode fugir desse assunto por muito

tempo. - disse segurando em seu braço.

Ele puxou com força e continuou.

_Muito bem senhor Ivan, o homem que tem dores de um passado e que continuar sofrendo o resto de sua vida. - disse Melissa parada.

Ivan voltou-se para ela, os dois ficaram se encarando sem nada dizer, Melissa deu o primeiro passo em sua direção, Ivan deu outros até que ficaram de frente um para o outro.

_Eu ia dizer que eu teria um filho adolescente quase da sua idade.

_Se você ainda sente muito a perda do seu filho então coloca ela pra fora.

_Não consigo, ainda doí muito.

_Não acha que está na hora de você superar isso?

_O que acha que devo fazer?

_Digo casar-se de novo, ter outros filhos...

_A Marli tem outra família, outros interesses. Não posso me casar novamente.

_Eu não queria dizer com a mesma pessoa.

_Eu não saberia viver com outra mulher. Ela me conhecia muito bem. Tudo isso aqui era perfeito com ela, até as flores eram abundantes. A vida se foi para sempre dessa fazenda, ela nunca mais vai voltar para termos outros filhos ou para cuidar de mim.

Melissa percebeu que ele chorava, Ivan virou-se de costas e enxugava as lágrimas que não queria que ela visse.

_Olha só o que você fez comigo! Eu não queria reviver essas lembranças doloridas.

_O que eu fiz Ivan?

_Eu não chorava desde que meu filhinho se foi e tudo isso aconteceu tão rapidamente que...

_É bom desabafar, colocar para fora o que esta te corroendo por dentro, vai se sentir bem melhor.

_Não há nada que eu possa fazer para mudar o que aconteceu.

_Não, não há! O que você pode fazer é mudar o futuro, seguir adiante. Olhe ao redor, veja as novas oportunidades que vão surgir. Agarre-se a todas elas, lute por tudo o que você quer, levanta a cabeça, comece uma vida nova.

_Você parece minha mãe falando.

_Ela deveria ter puxado sua orelha para não baixar tanto a cabeça assim. Você entregou-se totalmente a essa tristeza Ivan. Sua propriedade não é a mesma da época que meu pai administrava, você mesmo não está se cuidando, olhe-se no espelho, essa barba para fazer, o cabelo cumprido e despenteado por baixo desse chapéu, suas unhas sempre sujas.

Enquanto ela falava Ivan olhava para as mão.

_Olha sua camisa, os punhos ruídos, suas roupas estão horríveis e desleixadas.

_O que você queria? Dona Estela faz o que pode.

_Ela não é sua mulher, não pode tomar conta de você e do marido.

_Eu não tenho tempo para essas frescuras.

_Por isso eu digo que tem que ter uma mulher para tomar conta de você.

Melissa falava suavemente, deu um passo na direção dele para ouvir.

_Acho que você tem razão. Amanhã mesmo vou começar a procurar uma mulher, a casa precisa e eu também.

_Não precisa procurar tão longe para encontrar.

_Há eu não vou muito longe, só até a cidade, tem uma amiga...

_Você não está entendendo o que quero dizer. - Melissa dá mais um passo na direção de Ivan e coloca a mão sobre o peito onde a camisa estava aberta.

Melissa sempre fora uma mulher recatada, mas deixou isso de lado quando veio para a velha fazenda, agora era ousada, aquele era o momento ideal para declarar o que estava sentindo a respeito de Ivan.

_Não entendi? - perguntou

_Não.

_Então me explica se você nunca namorou, como pode   me   dar   conselhos   sentimentais? _Eu sempre amei uma pessoa que vivia perto de mim.

_Há então existe alguém.

_Existe sim, mas esse alguém sempre foi inatingível para mim, - ela olha nos olhos dele para continuar- até agora. Era o mesmo que desejar tocar uma estrela.

_E porque nunca falou para ele?

_Nunca tive oportunidade...apenas agora.

Ivan olhava nos belos e brilhantes olhos de Melissa, a boca sensual bem carnuda e próxima dele, o perfume que ela usava parecia querer sufocá-lo debaixo daquele sol escaldante.

_Vai...me...dizer quem..é o seu ....amor secreto?

_Se você quer tanto saber eu digo.

Melissa segurou no colarinho da camisa de Ivan

puxando-o para ela forçando os lábios dele contra o seu. O gosto do batom de morango era esfregado na sua boca na tentativa de que sua língua penetrasse aquela boca quente que tanto desejava, mas algo havia de errado, ele não a estava beijando, seus lábios não se mexiam ou se abriam para ela.

Ela abriu os olhos que se deparam com os dele olhando-a incrédulo. Melissa afastou-se dele esperando que ele fosse puxá-la para um beijo quente, mas o que aconteceu a seguir foi para ela inesperado. Ivan ajeitou seu corpo e o chapéu e deixo-a no campo sozinha, desta vez não o seguiu.

_Meu Deus o que fui fazer. Como tive coragem. - pensava Melissa.

Ivan não esperava aquela ação por parte de Melissa.

_Moça ousada, - Ivan estava parado em frente ao espelho do seu quarto, ele havia passado por dona Estela na sala sem que a visse, ela estranhou que ele entrasse em casa aquele horário e sem dizer nada.

Realmente ele pode ver como seu estado era deprimente, sua roupa suja no mínimo deveria cheirar a bode molhado, passou a mão sobre o queixo barbudo, há muito tempo seu rosto não via uma navalha, não aguentava olhar o próprio rosto. Agora tudo parecia diferente. Foi difícil jantar na presença de Melissa, preferiu jantar em seu quarto sozinho, não queria enfrentar o olhar dela ou dos empregados. Conciliar o sono aquela noite também não foi muito agradável, virava-se na camas diversas vezes, mesmo cansado não dormia, pensa nos lábios rosados e quentes de Melissa sobre o seu e pensava porque não a tomou nos braços e a beijou, era o que ela queira que ele fizesse, então por que não o fez? Se fosse anos atrás ele não deixaria que uma mulher ficasse na sua frente e ele não fizesse nada, bonita principalmente.

Ivan rolava na cama imerso em pesadelos sobre a morte do seu filho e com sua ex esposa lhe acusando. Acordou assustado, olhou para o relógio na cabeceira da cama vendo que as horas avançavam, levantou-se rapidamente e foi para o seu banho, tirou a barba e pegou uma camisa um pouco melhor do que as que estava acostumado a usar, ele tinha muitas mas na lida não usava nenhuma, eram sempre as mesmas até que não dava mais para serem usadas.

Na cozinha encontrou dona Estela servindo o café, o cheiro era agradável e muito bom para o olfato.

_Bom dia Senhor Ivan, seu café está servido.

_Bom dia e obrigado. - ele senta-se servindo de uma fatia de bolo de milho – Dona Estela poderia avisar a senhorita Melissa para levantar-se, temos muitas coisas para fazer.

_Ela já saiu senhor.

_Já?

_Acordou bem cedinho, não tinha amanhecido ainda.

Ivan tomou seu café pensando no que a levou a sair tão cedo.

Seguiu seu caminho logo após o café reforçado em direção a baia onde ficavam confinados os animais a noite, não encontrou melissa, não gostava da atitude voluntária da moça, isso o desarmava, não estava acostumado a essas atitudes, as mulheres que passaram por sua vida sempre

foram submissas aos cabeças da casa, por isso a sua rejeição em contratar uma mulher para administrar.

Melissa demonstrava ser o oposto dessas mulheres, no tempo de seu pai que uma mulher jamais comandaria uma fazenda, jamais! Ele largou a enxada e caminhou pela propriedade a procura de Melissa. No pasto sem a quantidade de animais que tinha anteriormente parecia que era maior, ele caminhava por quase todos os lugares prováveis não a encontrando. Voltou para o lugar que estava antes, pegou novamente a enxada do chão e voltou a cavar a terra, o suor escorria pelo rosto sem o seu cavalo, era muito esforço andar por toda aquela propriedade. Ouviu vozes vinda depois do pomar, para onde ele ainda não tinha ido. "O que ela faria naquela parte da fazenda? Não há nada que seja de importância".

Além do grande pomar, havia a horta que era cultivada por dona Estela e o seu marido, não era muito grande, mas dava para todos se alimentarem, Ivan nunca deu muita importância para aquela parte da fazenda.

Ao aproximar-se ouvia nitidamente a voz de Melissa e de seu empregado Zezinho, ficou parado ouvindo a conversa até que ela o viu, foi aproximando-se dele que estava de braços cruzados.

_Quer dizer que você veio passar, comer frutas enquanto estou suando na lida. Para você o trabalho vem depois, não é moça.

Melissa olha para ele indignada com a estupidez com que ele se dirigia a ela que continuou a comer sua tangerina sem dar-lhe satisfação, o rapaz ao lado dela mexeu no chapéu saindo de perto deles. Melissa olhou o rapaz saindo de mansinho sabendo que a cara de Ivan fez o moço tremer de medo.

_E então? O que vai dizer em sua defesa?

Ela voltou-se para o rapaz que já caminha para longe.

_Zezinho, não esqueça o que lhe pedi, eu vou num instante.

_Até mais então Zezinho! - ironizada Ivan.

Melissa olhava para ele com desdem, assim que comeu o último pedaço da fruta chegou perto dele, colocou o dedo sobre o peito dele falando:

_Olha aqui senhor Ivan, eu estou trabalhando desde da cinco da manhã, nem café tomei ainda. Eu não estava passeando no pomar como o senhor alega, estava procurando algo em que pudéssemos ganhar dinheiro.

_E o que descobriu?

_Você tem um otimo galpão, por que nunca usou?

_Aquele galpão era usado para guardar alimentos para os animais e para as máquinas agrícolas.

_Então é por isso que está vazio.

_É. - ele olhava para ela que continuava pensativa. - Em que está pensando?

_Uma possibilidade de ganho.

_Com aquele galpão?

_Sim.

_Como?

Melissa deu-lhe as costas seguindo até o local, ele a seguiu segurando no braço dela antes que alcançasse o local.

_Moça, você trabalha para mim, eu quero saber o que você pretende fazer com aquele lugar. Você me deve satisfação e tenho todo o direito de saber.

Ela puxou de volta seu braço e continuou seu caminho sem dizer uma única palavra.
_Você me ouviu?

_Você tem todo o direito patrão.

_Eu quero saber agora.

_Vai saber na hora certa, eu não tenho mais nada a lhe

dizer.

Ele não se dava por vencido e insistia com ela.
_Eu também tenho planos para aquele lugar, uma ideia

que estou adiando há muito tempo.

_Por isso não progride. - respondeu ironicamente.
Ivan não mais a ouvia, estava longe.

O dia passou sem mais atrito entre eles, Ivan dedicava- se exclusivamente a pouca quantidade de gado que ainda lhe restava, eram apenas seis cabeças e um boi. Na hora do jantar quando sentou-se a mesa no seu lugar habitual, Melissa que já terminava o seu jantar ouviu ele dizendo:
_Obrigado por me esperar.

Ela virou a cabeça para olhar para ele.
_Não acredito que você achou que eu fosse esperá-lo.

_É claro, é o que se espera de um empregado.

_Há, desculpa patrão, esse deslize de minha parte

não vai mais acontecer. Vou aguardar lá fora suas ordens.

Ao vê-la sair debochando de jeito ignorante de Ivan, ele bate na mesa levantando-se, os dois se encaram, ninguém soube dizer qual dos dois deu o primeiro passo, mas quando se deram conta estavam nos braços um do outro aos beijos tórridos e apaixonados. Ele a pegou no colo e a levou para o seu quarto fechando a porta atrás de si com o pé. Colocou melissa no chão que segurou o seu rosto entre vários beijos foram arrancando as roupas em perfeita euforia.

Capítulo IV

A manhã seguinte Melissa acordou olhando ao redor não se situando ainda com o quarto, um giro de cabeça e se deu com a cabeça de Ivan ao seu lado dormindo a sono solto. Ficou encarando aquele rosto agora sem barba, lembrando de como foi amar a noite toda sendo sua primeira vez e com o homem que amava a muitos anos. Sentiu-se desejada, ele fora tão carinhoso e cuidadoso com ela fazendo-a sentir-se muito mulher em seus braços.

Pegou o braço dele tirando de cima dela, levantou-se vagarosamente para não acordá-lo, pegou suas roupas, abriu com cuidado a porta e colocou a cabeça para fora para ver se o corredor estava vazio, correu para o seu próprio quarto, tomou um banho e quando estava saindo do banho enxugando os cabelos ouviu alguém batendo na porta. Ao abrir se deparou com o olhar de reprovação de dona Estela.

_Oh, bom dia dona Estela, quer alguma coisa?

_Eu queria ter uma palavrinha com a senhorita, posso

entrar?

_Claro, entra. Se não se importa de falar enquanto estou me trocando.

_Não filha, tudo bem. - ela sentou-se na cadeira e cruzou as mãos sobre o vestido – O que eu tenho para lhe dize ré rápido não vai tomar muito o seu tempo.

_Pode dizer estou ouvindo.

_O que tenho a lhe dizer é mais um conselho.

_Um conselho?

_É sobre o senhor Ivan.

Melissa abotoava a calça jeans olhando para ela.

_Não quero ser intrometida, não sou sua mãe, mas o que está fazendo é errado. Você é uma boa moça e eu não quero que você ou o senhor Ivan saiam machucados.

_Não estou entendendo.

_Filha, sente-se ao meu lado um pouco. Melissa obedeceu, ela segurou em sua mão.

_Eu sei que você não vai admitir que está apaixonada pelo patrão. - Melissa fez menção de falar mas foi impedida. - Você vai ter chance de falar, mas agora eu preciso dizer a você como se fosse sua mãe, que eu recebi no meu coração e agora você.

_Diz logo dona Estela.

_O que quero falar é bem simples, você vai concordar comigo. Se continuar a fazer o que fez essa noite vai se machucar muito, vocês não tem futuro.

_Como assim? Por que não?

_Sei que você é uma boa profissional, não tenho dúvidas, mas como esposa você não tem futuro com o patrão, eu o conheço muito bem para saber o que estou dizendo.

Melissa olhava para aquela senhora com vontade de gritar que ela estava errada.

_Filha, eu digo isso porque quero o seu bem e dopatrão também. Eu o conheço desde que nasceu, eu o vi crescer, casar, ser pai, eu praticamente o criei e sei exatamente o que ele passou quando perdeu o filho e depois a esposa que tanto amava.

_Espera ai dona Estela, a senhora está tentando me dizer que eu não posso me casar com ele?

_É isso o que você quer?

_Não!

Melissa estava na dúvida sempre fora apaixonada por Ivan desde sua adolescência, mas não tinha pensado que poderia um dia vir a casar-se com ele, achava que ele nunca ia querer isso.

_Isso nunca me passou pela cabeça.

_Vai me dizer que não está apaixonada pelo patrão? Melissa olha para aquela senhora pensando em tudo o que disse, não queria estragar a noite maravilhosa que teve falando com outra pessoa.

_Desculpe dona Estela, eu não quero conversar sobre os meus sentimentos com senhora, tenho muito o que fazer hoje.

_Muito bem, você é quem sabe. - ela levanta se dirigindo para a porta – Só espero filha que você ouve o conselho que vou lhe dar; agora que ele conseguiu o que queria vai desprezá-la, se for inteligente como eu penso que é não vai mais se render tão fácil assim. Ele não gosta desse tipo de mulher, já dispensou muitas que apareceram por aqui.

_Obrigada pelo conselho vou pensar muito nele.

Dona Estela volta para sua cozinha sabendo que Melissa não seguiria seu conselho mesmo sabendo que fosse a verdade.

_Ela vai sofrer como a minha Paula sofreu, de amor. - dizia para si mesma vendo a porta fechar-se na sua frente.

Melissa tomou seu café em silêncio saindo logo em seguida sem esperar por Ivan. Queia colocar em prática a sua ideia para construção de um galinheiro, sua mente fervilhava de boas e novas ideias, tinha tantas coisas para fazer que o dia seria curto para isso.

Ocupou-se o dia todo tirando de seus pensamentos algo que não fosse o trabalho focando apenas no que estava

fazendo sem dar importância a presença de Ivan. Como dona Estela previu, Melissa não deu importância ao seu conselho e estava mais uma noite com Ivan, os dois sentados abraçados na varanda após o jantar conversando fazendo planos e projetos. De mãos dadas foram para o quarto, tudo acontecia sobre o olhar de dona Estela.

_Deixe pra lá minha velha. - disse seu marido

_Ela vai sofrer como a nossa filha sofreu.

_Você não avisou a moça? Então, apenas ela pode dar fim a isso.
Ele segurou a esposa pelo ombro levando-a para o quarto.

O galpão estava quase pronto, Ivan entrava vendo tudo transformado pelas mãos de Melissa, olhava o sistema que ela adotou, tirou o chapéu enxugando o suor na testa. Estava maravilhado com toda aquela estrutura.

_Mas, isso é monumental!

Melissa que não o tinha visto entrar, voltou-se para ele.
_E ai? Gostou?

_Gostar? Eu achei incrível, mas como vou bancar tudo isso?

_Não se preocupe, estou usando minhas economias.

_Suas...o quê?

Melissa não dava ouvidos ao que ele dizia.

_Melissa, você não pode fazer isso.

_Por que não?

_Oras, porque...porque é maluquice moça.

Ela olhou para ele demostrando que não gostava de ser chamada daquela forma.

_Como vamos erguer essa fazenda? Não temos outros recursos. Temos que começar por algum lugar.

_Então não fizesse, você sabe que eu não faço nada que não esteja ao meu alcance.

_Ivan, estamos juntos nessa, não se preocupe se eu for bancar.

_Eu nunca disse que estávamos juntos.

Melissa olhava para ele com o coração apertado, não conseguiu responder pois o técnico chegou ao lado deles.

_Melissa. - disse ele – você entendeu como tudo funciona?

_Entendi Ari, deixar que vou fazer exatamente como você disse.

_Qualquer coisa que você precisar que eu esclareça entra em contato comigo que estarei pronto para ajudar.

_Obrigada novamente.

Assim que ele saiu ela voltou-se para Ivan.

_Você entendeu o que eu queria dizer.

_Se você estava dizendo "juntos" no trabalho eu concordo.

Ivan volta sua atenção para o técnico que ajustava as gaiolas, perguntando:

_O sistema é de fácil manoseio?

_É tudo bem simples senhor, as gaiolas são individuais, por isso o senhor está vendo tudo isso como monumental, o espaço é melhor aproveitado, esse galpão é o lugar perfeito para usarmos esse sistema.

_E quanto a mão de obra?

_Tem redução de cinquenta por cento por causa do rendimento do trabalho. Veja bem, uma pessoa pode cuidar de duas a cinco mil aves tranquilamente.

_Apenas uma? Como isso é possível?

_Por causa do nosso sistema, a produção é muito alta.

_E quanto a ração? O custo é alto.

_Pensamos nisso também, porque o consumo é pequeno, para uma produção de uma dúzia de ovos com apenas 1.600 a 2.400 gramas, em aves com 60 a 75% de postura. O senhor pode observar que na gaiola tem um tamanho bom, travessa e lado com 0,40 cm, frente com 0,45 cm e 0,25 para onde cai os ovos uma largura de 25 cm.

_Muito bem, espero que não tenha muitas desvantagens.

O técnico olha para Melissa que balançava a cabeça permitindo que ele fale.

_O custo inicial é alto sim.

Ivan olha para ela sem dizer nada, o técnico continua.

_Esse sistema requer que o senhor tenha uma criação de quatro lotes de pintos por ano.

_Muito bem Melissa, você está ciente dos riscos.

_E sei das vantagens também. Eu sei de tudo, não entro em um negócio para perder.

Ivan estava caminhando de volta ouvindo ela dizer, sorriu sem que ela veja. Chegou a casa grande encontrando dona Estela arrumando a mesa para o almoço, chegou abraçando a pequena senhora dando um beijo estalado nas bochechas.

_Menino Ivan que isso, nunca vai aprender a se comportar.

_Eu não, adoro suas bochechas. - Ivan apertava o rosto da senhora sorrindo – O que está fazendo que cheira tão bom.

Ivan olhava dentro das panelas quando recebe um tapa de leve nas mãos de dona Estela.

_Ainda não está pronto.

_Não acredito que você está fazendo carne de panela.

_Minha predileta.

_Vá lavar suas mãos que logo vou servir o almoço, e chame também a senhorita Melissa.

_Acho que ela vai demorar, esta conversando com um técnico sobre o galinheiro.

Dona Estela deixa as panelas de lado.

_Senhor Ivan, posso falar com o senhor por um minuto?

_Claro, o que a senhora deseja desse seu pobre servo?

_Queria lhe falar a respeito da senhorita Melissa.

_O que tem ela?

_O senhor acha certo o que está fazendo com essa pobre moça?

_E o que a senhora acha que estou fazendo?

_Não se faça de desentendido porque sabe melhor do que eu. - ele fica calado olhando para a mesa sem responder. - Todos nós aqui sabemos que o senhor ainda ama a dona Marli.

Ivan muda na hora ficando sério, dona Ester sabia

muito bem que a ex esposa era o seu ponto fraco e não gostava de falar sobre o assunto.

_Ela vai sofrer depois que o senhor não a quiser mais.

_Eu já sei o que a senhora quer dizer dona Estela. - disse Ivan interrompendo. - E digo que isso não vai acontecer. Eu gosto dela, está comigo nos momentos que eu mais precisei de alguém. Colocou o próprio dinheiro naquele projeto maluco que eu tenho confiança de que vai dar certo.

_O senhor acredita mesmo no que está dizendo? Digo de coração?

_Dona Estela, depois que a Marli foi embora dessa casa eu a enterrei junto com o Nico.

_Essa pobre moça não tem culpa, esta apaixonada e ainda é muito ingênua e não vê mais nada.

_Eu não prometi nada para ela, não lhe disse "eu te amo", simplesmente....aconteceu e ficamos juntos. Sou feito de carne dona Estela, como posso dizer...

_O senhor não precisa explicar mais nada. O melhor a fazer é deixá-la em paz para encontrar uma pessoa que vai cuidar dela, casar, lhe dar filhos. O senhor tem que viver em paz consigo mesmo.

_E por que a senhora acha que não estou em paz?

_Eu o conheço muito bem, sei que não ama essa moça, porque ainda tem dona Marli no coração, enquanto não enterrar de vez o seu passado não vai poder construir a vida novamente.

_Quero deixar bem claro para a senhora que na minha vida não tem lugar para mais ninguém, mas não é por causa da Marli, o meu filho foi que deixou um buraco que não vai ser preenchido por ninguém.

_O senhor poderia casar-se novamente e ter outros filhos, o que seria muito bom, aqui tem lugar de sobra...

_Esse assunto termina aqui. Eu agradeço que esteja preocupada comigo, mas eu sei me cuidar, e a Melissa também dona Estela.

A senhora entendeu que o assunto fora encerrado e ele não queria mais falar sobre o que havia acontecido.

_Muito bem senhor Ivan, vocês dois são adultos.

_É isso ai minha gorducha. - disse fazendo cócegas na mulher.

_Só lhe digo que um dos dois vai sofre muito nessa história, e, com certeza, será o lado mais fraco.

Dona Estela dá o último aviso e vira de costas voltando para suas panelas.

Ivan deixa a cozinha em direção a sala, joga o seu chapéu no safo sentando, olhava a prateleira que antes era cheia de porta-retratos, vá até ao armário de porta dupla de vidro e apanha uma garrafa de cachaça, ele não era de beber, tomava apenas um gole para abrir o apetite, olhava para o pequeno copo, sabia que não precisava mais daquilo, a última vez que se embriagou foi quando perdeu seu filho. Guardou novamente a garrafa e fechou o vidro.

O que Ivan e Melissa estavam vivendo nem eles sabiam dizer ao certo, os conselhos foram totalmente rejeitados por eles que continuaram a dormir juntos todas as noites, na manhã seguinte Melissa sempre saia de mansinho caminhando para o seu quarto, tanto na cama como no trabalho os dois estava se entendendo bem. O galpão funcionava a todo vapor, a parceria estava dando certo, ele estava bem contente com o desenvolver das aves e como era fácil seu manejo, dona Estela e seu esposo olhava os dois como bons parceiros em perfeita sincronia em tudo.

Melissa sabia como conduzir tudo, era boa na administração da fazenda que já obtinha lucro com as vendas dos ovos na cidade. A quantidade era pequena, como diziam era contra gotas ainda, mas no final do mês a diferença entre lucro e prejuízo estava bem visível. Ivan estava conseguindo liquidar suas dívidas, faltava pouco para acabar com todas e começar a usufruir dos lucros. Os dois estavam sentados abraçados na varanda conversando.

_Jamais acreditei que de rei do gado eu fosse virar rei dos pintos.

Melissa caiu na gargalhada, estava adorando o bom humor de Ivan.

_Essa foi boa! Achei que você fosse falar rei do galinheiro ou algo parecido, mas dos pintos foi o melhor.

_Foi brincadeira. Mas eu penso muito em voltar a comprar gado, como antes.

_Por   que?

_É o que eu gosto de fazer; não quero ficar a vida toda cuidando de galinhas, vender ovos não é o que eu quero.

_Ele esta lhe dando muito lucro por sinal.

_Eu sei, o gado ainda é bem mais lucrativo.

_E todo o meu sforço Ivan?

_O que tem ele?

_Oras,   não   conta?   E   tudo   o   que eu   fiz?

_Claro que conta, você poderia me ajudar.

_Não sei não, tenho medo de vaca, de boi.

_Medo? - agora era Ivan que caia na gargalhada.

_É medo! - ela lhe dá, tapas no seu peito – Não ria. Você não se lembra que uma vez um dos seus bois correu atrás de mim?

_Nossa, isso foi há tanto tempo...nem me lembrava mais. - ele olha para ela como se a tivesse visto naquele momento – Melissa era você aquela garotinha de vestido de chita vermelho com transas nos cabelos?
_Eu mesma!

_Meu Deus, nem acredito! Foi a Marli que te salvou não foi? - Melissa não respondeu apenas acenou com a cabeça – Ela colocou você no lombo da baronesa, ela adorava aquele animal tão imponente. A Marli foi muito corajosa em te salvar entrando na frente daquele touro.

Melissa já não estava mais ouvindo o que ele lhe dizia, a cena se passava em sua mente ao olhar para frente, o tom de voz de Ivan havia mudado de repente, ele usava um tom de emoção ao falar da ex não deixando dúvidas quanto a algum sentimento guardado escondido bem no fundo do coração.

_Eu chorei de ri quando ela me contou, o touro era jovem ainda, mas muito jovem, ela também adorava ele, comprei especialmente para ela...
Melissa levantou-se bruscamente interrompendo a narração que Ivan fazia.
_O que foi?

_Vai ficar ai a noite toda falando da ex? De como ela foi corajosa, maravilhosa e de como eu fui uma garota estúpida.
_Por que está falando assim?

_Oras você não se enxerga mesmo, não é senhor Ivan? Ele deu de ombros.

_Eu não me sinto confortável com você falando dela o tempo todo é...como se ainda gostasse dela.

_Não exagera Melissa, eu apenas disse a verdade e, foi você que começou.

_Apenas disse que um dos seus touros correu atras de mim e não aumentei o comentário para que ficasse divagando.

_Vou dormir, não há razão para essa conversa.

Ele levantando-se para sair pega seu chapéu, foi seguido por Melissa, na porta do quarto ele para virando-se para ela dizendo:

_Acho melhor você dormir no seu quarto.

_O quê?

_É isso o que você ouviu, eu quero ficar sozinho hoje.

_Ivan estamos juntos a um ano e agora você vem me dizer para ir para o meu quarto? Todas minhas coisas estão ai.

_Desculpa Melissa estou com dor de cabeça.

_Quer dizer que lembrar das façanhas da Marli te fez doer esse cabeção seu? Muito bem, espero que amanhã esteja melhor para o trabalho porque eu vou à cidade.

Melissa entrou no antigo quarto batendo a porta com força. Ivan ficou parado em frente a sua porta fechada sentindo-se mal consigo mesmo, "estou fazendo exatamente o que dona Estela disse que faria com ela." dizia para si mesmo "o que há comigo meu Deus?"

Ivan e Melissa decidiram ficar juntos de vez, não falavam em casamento, nem que estavam namorando ou estavam noivos tão pouco, não era nada oficial, eles estavam se dando bem, um gostava da companhia do outro, ele sabia que ela o amava por isso se dedicava tanto a devolver a ele a fazenda como ele sempre a tivera, com o dinheiro agora entrando recuperando seu crédito no mercado com a fazenda produzindo muito bem.

Melissa usava o esterco das galinhas como adubo para o pomar, para a horta e ainda vendia para alguns fazendeiros que vim em busca de adubo natural e barato. Na mesa não faltava nada e nas mãos habilidosas de dona Estela os pratos eram perfeitos e saborosos. A fazenda era vista como modelo para outras, o prestígio que Melissa adquiriu levantando a antiga forma ficou conhecida por todos na região.

Capítulo V

Ivan a tinha como seu braço direito e não conseguia fazer nada sem consultá-la, mostrava a todos a conquista e o remito era sempre de Melissa, mas algo dentro dele ainda não estava resolvido, mexia e muito com ele falar sobre o passado. Jogou-se na cama pensando e em como estaria naquele momento vivendo sua ex esposa, ela nunca mais deu notícias, nem soube mais do que aconteceu com ela, tentava lembrar-se de como a via naquele quarto de camisola de seda sempre bem-vestida e sensual, estaria bonita ainda?

A noite estava quente e com isso foi difícil conciliar o sono, acordou com a cabeça latejando, a garganta estava seca e fechada, havia dormido de roupa e sapato, acabou pegando no sono pensando na ex esposa, ao tirar os sapatos sentiu o pé ardendo, retirou sua roupa e foi para debaixo do chuveiro, um banho frio o fez acalmar, no banho pensava em pedir desculpas a Melissa.

_Bom dia dona Estela, a Melissa não veio ainda para o café?

_Ela saiu com o Robério, ainda não tinha amanhecido.

_Mas por que tão cedo?

_Não sei não senhor.

O modo como dona Estela respondeu deu a ele a entender que ela tinha conhecimento mas não queria dizer, Ivan olhou para ela tentando saber mais a respeito.

_O que a senhora sabe que não quer me contar?

_Não sei nada não senhor! - ela cortou um pedaço de bolo e colocou sobre o prato dele – Coma seu bolo antes que esfrie, é de mandioca.

_A senhora não vai me contar vai?

_Eu não vou dizer nada que já não tenha lhe dito.

_Não sei o que está acontecendo comigo dona Estela.

_Precisa deixar o passado para trás e seguir sua vida, o rio não volta a passar pelo moinho duas vezes, ele segue seu curso.

_Eu entendi. - ele corta uma generosa fatia de bolo – A senhora tem razão, eu vou seguir em frente como já deveria ter feito.

_Já está mais do que na hora.

Ivan olha para a grande cesta sobre a mesa cheia de ovos frescos, ele pega um nas mãos dizendo:

_Olha o tamanho desses ovos, eu nunca vi gema mais dura do que essa.

_Os ovos são uma maravilha senhor, a gema é tão amarelinha e firme, que nessa receita usei menos ovos do que o normal usaria e olha como ficou fofinho o bolo. Todos estão adorando, eu não sei o que ela está dando de comer para essas galinhas mas está dando certo.

_Ela é realmente maravilhosa, não? Inteligente, bonita. A ração que comprou tem muita proteína, alias tem tudo o que os animais precisam. O técnico que ela contratou para fazer o serviço é bom e barato sua mão de obra, nos deu muitos conselhos.

_Ela aprendeu com o pai a fazer tudo certinho.

_É verdade, ela sabe fazer as coisas.

Ele terminou seu café pegando o chapéu.

_Bom agora que estou abastecido vou para o batente, porque saco vazio não para em pé. Não é o que dona Estela?

_Isso mesmo!

Ele deu um beijo carinhoso na senhora roubando outro pedaço de bolo e saindo.

Ivan consertava a cerca ao redor da propriedade, o gado da fazenda vizinha que crescia costumava se coçarem nela quebrando, as vezes invadiam dando muito trabalho para mandarem de volta.

O sol estava a pino no céu, enxugava o suor da testa, pegou o garrafão de água bebendo e jogando sobre o rosto e a nuca, sentia o estômago roncando de fome. Depois que colocou a última estaca no chão, gritou para Zezinho que o ajudava.

_Zé, pode ir almoçar!

O rapaz tímido do jeito que era não discutia com o patrão, apenas recolheu suas ferramentas e partiu em direção a casa. Ivan pegava suas ferramentas do chão para voltar a casa grande, quando estava aproximando-se viu Zezinho sair com um prato enrolado num pano, era o seu almoço que dona Estela deixava para o rapaz, ele costumava almoçar debaixo de uma árvore qualquer, longe dos demais. Dona Estela recolhia roupas do varal.

_Dona Estela, estou morrendo de fome.

_Senhor Ivan? - disse assustando-se ao ver o patrão – Achei que não viesse mais, já passa das três horas da tarde.

_Tudo isso?

_Sim, o senhor deve estar faminto, vou colocar o seu almoço no forno.

_Pobre do Zezinho, ele ficou comigo até agora sem

reclamar.

_Vou colocar o almoço para ele também.

◆ ◆ ◆

_Ele acabou de sair com um prato na direção do pomar.

_Que bom, o pobre deve estar faminto.

_A Melissa já retornou?

_Ainda não senhor, mas não deve demorar, fiz o prato preferido dela.

_Hum, o cheiro está bom, o que é?

_Galinhada.

Ivan riu do trocadinho da senhora.

_Já estou com água na boca. Vou tomar um banho porque o meu estado está lastimável.

Assim fez Ivan, olhou para a cama sentindo a falta de Melissa, e dos seus carinhos, adorava a maneira dela pensar. Suas ideias eram sempre boas, costumavam a conversar deitados na cama abraçados sobre o que fizeram durante o dia e como poderiam melhorar mais.

Abotoou a camisa saindo do quarto, Dona Estela enxugava as mãos no alvíssimo avental andando rápido ao seu encontro.

_Senhor Ivan, um carro estranho esta entrando.

_Carro estranho? Não será a Melissa?

_Não, é um daqueles carros com faixa e uma tiara na ponta. Ivan entendeu que ela queria dizer que era um dos táxis da região.

_Quem poderá ser?

_Não sei senhor, achei que o senhor saberia dizer.

Ivan descia os poucos degraus sendo seguido por dona Estela, ao chegar na frente da casa ele parou na sacada debruçando-se para ver quem chegava. Ele uma mulher de cabeços curtos, bem-vestida com duas malas enormes paradas ao lado do motorista, ela deu pagou o homem que manobrou o veículo deixando a propriedade, tirou o óculos escuro olhando na direção de Ivan.

Ivan endireitou-se, seu corpo ficou tenso ao ver a mulher que estava parada na sua frente, com uma bolsa de grife no ombro, ela acenava toda animada para ele que chegou até ela.

_Ivan! - gritava a mulher

_Dona Marli? - disse dona Estela não acreditando no que seus olhos viam. - O que em nome de Deus essa mulher faz aqui?

Ele desceu o restante dos degraus caminhando bem devagar, ele parecia querer digerir a presença daquela figura.

_Ivan, por favor, me ajude aqui, essas malas estão pesadas.

_O que faz aqui Marli?

_Você nem imagina o que aconteceu, eu tenho tantas coisas para te contar.

_O que te trouxe aqui?

_Eu...- começou ela – perdi minha casa. - dizia de

forma teatral- não tenho para onde ir, só me restou você. Você sabe que não tenho família, você sempre foi a minha família.

Ela ficou parada olhando Ivan de braços cruzados sem dizer nada.

_Dona Estela, quanta saudade da senhora. Ainda posso sentir o sabor da sua comidinha caseira.

_Como tem passado dona Marli.

_Ah, você sabe...Estou faminta, a senhora tem algo para comer?

_Claro, o senhor Ivan ia almoçar agora mesmo.

_Que maravilha, eu te acompanho.

Ela segura no braço da senhora levando-a para dentro.

_Ivan você pode trazer as malas para dentro.

Sem saber o que deveria realmente fazer a respeito, ele arrasta uma após a outra mala para dentro da sala. Ele ainda estava abismado com aquela ilustre figura que acabara de chegar.

_Eu vou lavar as mãos dona Estela enquanto a senhora coloca aquela toalha branca na mesa da sala. Obrigada.

Ela dava ordens como se ainda fosse dona da casa, Ivan não dizia nada, apenas ouvia tudo em silêncio, dona Estela obedecia como nos velhos tempos, em pouco tempo a mesa estava posta, Marli voltava do quarto com as mãos lavadas e com perfume de algum creme, ela não tomava conhecimento de que algo muito diferente estava acontecendo naquele lugar. Dona Estela serviu os dois, ela contava a Ivan que tinha perdido sua casa por causa dos impostos que o ex marido não tinha pago.

_A receita federal me tomou tudo o que eu tinha,

fiquei apenas com a roupa do corpo e algumas joias. Você sabe que os filhos do Mauro tinham suas próprias casa e que eu não fazia parte da herança quando ele morreu. Fiquei com as joias pois as escondi na casa de uma amiga ou o banco as teria tomado.

Ele ouvia tudo sem nada dizer e sem levantar os olhos do prato, dona Estela fazia o mesmo ao lado deles.

_O que deu na senhora para fazer desse prato tão simples algo tão fabuloso.

_A senhorita Melissa adora! - respondeu dona Estela olhando para Ivan que levantou os olhos para ela, ele parou de comer na hora, a velha senhora queria causar impacto e conseguiu.

_Melissa? Quem é essa?

Marli olhava para Ivan em busca de resposta. Esperou algo que ele não estava disposto a dar a ela.

_E então? Ninguém vai me contar quem é essa Melissa?

_É a nova administradora da fazenda, ela é a responsável por esse lugar estar de pé novamente. - respondeu dona Estela dando ênfase nas palavras.

◆ ◆ ◆

_Oh! - foi a palavra encontra por Marli para expressar o que entendeu nas entrelinhas de dona Estela.

Ivan levantou-se da mesa aborrecido, pegou seu chapéu quando ouve o barulho de sua caminhonete aproximando-se, vestiu o chapéu e saiu sorridente sabendo que era Melissa que voltava, aproximando-se dela para abrir a porta e a recebê-la.

_Melissa o que você fez agora? O que é tudo isso?

Ivan estava atônito com o que tinha na carroceria atrelada ao carro.

_Oras, nós precisávamos de outro cavalo para nos deslocarmos pela fazenda, o pangaré está velho para o trabalho e com o casco machucado não pode andar e eu não vou sacrificá-lo.

Ivan analisava o animal ainda assustado.

_É um belo animal não acha?

_Ela sabe negociar senhor Ivan! - dizia todo sorridente Robério ao lado de Ivan.

_Imagino Robério, mas não está gastando dinheiro à toa?

_Senhor Ivan, esse animal não custou nada.

_Como assim não custou nada? Foi de graça?

_Eu ganhei ele numa aposta justa.

_Aposta? Ganhou ele?

_Nós fomos a feira na cidade, quem vendesse mais ovos ganharia ele, eu superei todos e olha que foi o nosso primeiro ano.

_Não acredito!

Ivan não estava acreditando no feito magnífico de Melissa.

_Meu Deus! Você é maravilhosa. - Ivan a pega no colo rodopiando de pura felicidade.

_Cuidado com as costas Ivan ou vai ter uma torção.

Aquela voz diferente e feminina chamou atenção de todos, Melissa soltou-se dos braços de Ivan voltando-se para a recém-chegada.

_O que de tão extraordinário aconteceu para você se manifestar dessa forma Ivan.

Os dois estavam com os olhos fixos um no outro, não ousaram responder, até Robério parecia mudo e não saber o que dizer, mas todos sabiam quem era a visitante,

_Vamos ter que limpar uma baia para ele ficar. - disse Ivan retirando o animal. - Você já escolheu um nome para ele?

_Achei que seria melhor escolhermos juntos.

_Muito bem, que tal chamar ele de trovão? É imponente, forte, bonito.

_É o mesmo nome do seu antigo animal, trovão.

Ivan não lembrava, mas Marli tinha razão, ele havia dado o nome de trovão para um garanhão que ganhou de seu pai ainda na adolescência.

_Melhor pensar em um nome para ele depois.

_Eu levo o animal senhor Ivan.

_Obrigado Robério.

Ivan voltou-se para Melissa, ela olhava atentamente para Marli que estava na sacada posando de dona do lugar.

Marli desceu as escadas e veio ao encontro deles.

_Você deve ser a Melissa.

Ela não respondeu nem pegou a mão estendida que Marli lhe mostrava.

_Então... que feito você fez para o meu marido ter feito esse gesto tão significativo?

Melissa olhou para Ivan cheia de perguntas ecoando no ar e ele sabia muito bem que uma delas era; "marido"? Foi isso mesmo o que ela disse?

Ivan não respondeu não queria entrar em conflito com Marli ou com Melissa, ela vendo que ele não responderia e não teria tão pouco apoio saiu em direção a casa, dona Estela que presenciou a cena acompanhou a jovem.

Melissa estava sentindo tanta raiva que chutou o balde de leite que por sorte este vazio que ficava na porta da sala para ser levado para fora.

_Que isso menina, parece moleque, chutando tudo o que vê pela frente. Ainda bem que estava vazio ou você teria feito um estrago ainda maior.

_Que ódio! - dizia entre os dentes, ela não conseguia se conter- o que essa mulher está fazendo aqui dona Estela?

_Não tenho certeza filha, mas não fique assim, não vai lhe fazer bem.

Melissa viu os pratos ainda sobre a mesa.

_Foi ela que mandou pôr a mesa, não foi?

_Foi sim, você sabe como ela é.

_Sei sim, e muito bem!

Melissa passou por dona Estela em direção ao quarto que ocupava com Ivan. Abriu a porta e viu as duas malas de Marli no chão.

_Quem ela pensa que é para querer a voltar a ficar aqui? - Batendo o pé, saiu em direção a sala onde estavam Ivan e Marli conversando.

_Então? - foi logo dizendo – Em que quarto vai ficar?

Marli olhou para Melissa de braços cruzados em pose de autoridade.

_No mesmo que o meu marido ocupa, é claro!

Ivan olhava de uma para outra virando a cabeça

desesperado esperando ajuda que não vinha, não sabia o que deveria dizer.

_Oras, vamos lá Marli, você não é mais a mulher dele há muitos anos. O que você realmente quer aqui?

_Eu não acho que lhe devo satisfações meninas.

As duas ficaram se encarando como de fossem lutar. Ivan ficou no meio delas na tentativa de separar uma possível briga.

_Vamos parar com isso. A Marli vai ficar por aqui por um tempo apenas.

_Ivan! - diz Melissa não acreditando que ele estava de acordo com tal atitude.

_É por pouco tempo.

_Quanto tempo?

_Já falei que não é da sua conta menina.

Antes que Melissa retrucasse Ivan tratou de dizer: _Ainda não sei, Melissa por favor, entenda.

_Eu respondo para ela querido! Vou ficar até quando eu quiser e vou ocupar o mesmo quarto de antes, está tudo esclarecido para você?

Melissa estava zangada demais com Ivan para responder o que deveria.

_Estou voltando para o meu marido o qual eu nunca deveria ter deixado.

Ivan volta o seu corpo olhando para ela de frente.

_Isso é verdade Marli?

_Ivan! Claro que está mentindo, quando não esteve?

Ele levanta a mão mostrando a Melissa que parasse de falar.

_É verdade Ivan. Eu sempre quis voltar para você, não

sei porque não fiz antes, talvez por vergonha por tudo o que fiz.

A cara que Marli fez era de puro arrependimento, ela parecia, aos olhos de Ivan estar realmente arrependida e querer reparar os erros cometidos no passado e juntar novamente as famílias e os pedaços da vida que foram perdidos pelo caminho. Ela grudou seus braços como um polvo em sua vítima no pescoço de Ivan jogando todo o seu charme já bem conhecido.

_Não vim antes por não saber como seria recebida por você.

_Você sempre seria bem-vinda. - respondeu Ivan que parecia hipnotizado por aquelas doces palavras.

Aos ouvidos de Melissa parecia que dos lábios de Marli jorrava apenas veneno e daqueles bem poderosos que dificilmente algum homem por mais experiente que fosse não aguentaria.

_Eu sei meu bem, eu sempre soube que você ainda sentia algo por mim. Que tudo não passou de um mal entendido e que agora possamos reatar velhos projetos.

Marli segurava no rosto de Ivan forçando-o a ficar virado para ela, as mãos dele sem que ele percebesse estavam envolta da cintura dela fazendo com que Melissa sentisse ofendida e a bufar de raiva.

Melissa saiu deixando os dois sozinhos, no corredor deparou-se com dona Estela que via toda a cena, jogou-se nos braços da velha senhora chorando. Ela a levou para a cozinha.

_Não fique assim minha filha, não vale a pena.

_O que vou fazer dona Estela? Eu o amo muito, me dediquei de corpo e alma para essa fazenda para ganhar um pouco do seu afeto, agora que estou conquistando tudo o que sempre sonhei vira tudo um pesadelo.

_Eu sei minha filha, mas agora não é um pouco tarde para isso?

_A senhora acha que eles vão voltar?

_Eu acho que já voltaram filha.

_E eu como fico em toda essa história? E tudo o que construir?

_Fale com o senhor Ivan filha, explique para ele tudo o que sente.

_O que devo explicar que ele já não saiba?

_Diga que o ama, que sempre o amou. Isso vai ajudar e muito.

_A senhora acha que ele não sabe disso?

Melissa deitou-se sobre o ombro da senhora enxugando o rosto molhado pelas lágrimas.

_Eu vou dar um jeito nessa história, não sei como, mas já sei de situações piores e não vai ser essa que vai me derrubar tão facilmente.

_É assim que se fala filha. Agora levanta essa cabeça.

Melissa obedece.

_Quer um chá? Isso vai lhe fazer bem e levantar o seu ânimo, não vai resolver os seus problemas mas vai fazer você pensar melhor no que fazer.

Ela responde sim com a cabeça.

_Vou fazer um bem gostoso que você vai apreciar enquanto esta pensando.

Melissa degustava o bom e saudável chá quando Ivan entra na cozinha, ela não levanta a cabeça para olhar para ele que senta-se ao seu lado.

_Melissa! - diz ele finalmente ao tomar coragem quando olhava para dona Estela – Quero dizer a você que nada mudou entre nós. - Melissa não responde, apenas coloca a xícara de chá sobre a mesa fazendo barulho – A Marli vai ficar por aqui por uns tempos...- Melissa faz menção de dizer algo, é impedida por Ivan! - Eu sei o que você vai dizer, mas vai ser por pouco tempo, prometo para você.

Ivan se serve de um pouco de chá sobre o olhar duro de Melissa e dona Estela que não aprovava em nada aquela situação.

_Ela vai ficar no quarto de hóspedes. - diz Ivan com voz suave- não fica com raiva de mim por causa do que aconteceu agora.

_Ivan não vai dar certo.

_O que não vai dar certo?

_Você sabe o que ela quer, não tem jeito de nós duas ocuparmos o mesmo lugar e não sermos rivais.

_O que você acha que pode acontecer?

_Bom...- Melissa olha para dona Estela que reprovava que ela fosse mexer no passado. - ..talvez seja coisa da minha cabeça, vamos esquecer o assunto, por enquanto.

O olhar de dona Estela se amenizava com a decisão de Melissa, ela concordava que nada adiantaria remexer naquele momento no passado que não pertencia a ela e somente a Ivan e Marli e o filho que eles perderam.

Mas Melissa não poderia deixar que uma mulher

voltasse do passado e fizesse sua vida um inferno querendo tirar de sua vida o único homem que amou.

Suas lembranças de quando morava na fazenda e era ainda uma menina de tranças não eram muito boas, Marli sempre a via como a filha criada sem mãe de um de seus empregados, a pequena menina demonstrava que ia ser muito bela quando chegasse a maior idade e isso machucava por dentro Marli que já chegava bem perto da casa dos trintas, vê aquela menina de apenas quatorze anos e com um rosto jovem e um corpo que lhe dava e muita inveja, era motivo suficiente para não gostar da menina. Melissa viu a maneira que ela olhava para ela querendo que seu rosto fosse feio e que as rugas viessem antes para ela do que para si mesma, mas o tempo não perdoava, e Marli tinha que recorrer aos cremes e a maquiagens se quisesse mostrar ainda o frescor da juventude. Marli tinha o charme e a beleza da mulher madura, com seus trinta e oito anos ainda conservava o belo corpo, o rosto ainda era bonito e ela poderia considerar-se uma mulher de sorte, mas ao se deparar com Melissa isso tudo mudou, ela saberia que não poderia competir com a beleza da jovem e o seu carisma.

Ela teria que tomar uma atitude drástica se quisesse conquistar novamente o amor de seu ex marido e com isso lutaria com todas as armas que tivesse disponível.

C

RUTE LOMBANO

Capítulo VI

A vida naquela fazenda não era mais a
mesma desde que Marli pisou por ali, o conflito entre ela e
Melissa estava cada vez mais acirrado. Ivan, ao contrário do
que Melissa queria, tentava manter-se longe da discussão
das mulheres e ficou imparcial naquela disputa de poder,
mas estava se cansando de tudo.

_Marli, eu não quero mais você envolvida com os
meus negócios, quem cuida de tudo a respeito do galpão
ou da maneira que se administra a propriedade é o
trabalho da Melissa. Eu não quero o seu dedo nisso, você é
apenas a minha convidada aqui.

_Ivan eu quero algo para fazer, alias eu sempre
cuidei dos negócios por aqui.

_Isso foi há dez anos ou mais. Agora quem cuida é
ela, ponto final.

Quando Ivan colocava ponto final em uma conversa
era porque não haveria mais discussão. Marli sabia disso
muito bem.

Melissa tomava uma xícara de chá na cozinha, não
estava se sentindo bem. Ivan que entrava fica na frente
dela coloca as mãos sobre a cadeira .

_Tinha certeza de que te encontraria aqui.

Dona Estela coloca outra xícara na mesa.

_Dona Estela a Melissa virou sua favorita.

_Que isso senhor Ivan....

_Estou brincando dona Estela, não precisa levar a sério.

Ivan passava a mão sobre o estômago.

_Esta se sentindo bem?

_Estou com um desconforto estomacal.

_Quer ir ao médico?

_Não se preocupe, vou tomar esse chá quente e logo vou me sentir melhor.

Melissa percebia que ela queria dizer algo.

_O que você queria comigo?

_Temos que resolver um pequeno problema no galpão.

_E   o   que   seria?

_Temos várias galinhas precisando ser descartadas, muitas não estão produzindo.

_Eu vou fazer isso amanhã bem cedo.

_Por   que   não   hoje?

_Eu não estou me sentindo bem e já dei ordem para dona Estela pegar algumas galinhas para usar aqui em casa.

_Se quiser eu faço isso para você, é só me dizer como.

_Eu vou com você para ajudar. - disse Marli entrando

_Obrigado Marli, mas faço isso sozinho.

_Se ela pode, eu também posso, afinal não deve ser tão difícil ou que exija uma mente brilhante.

_Tudo bem, Ivan eu faço isso hoje como você quer. - disse Melissa levantando-se da mesa.

_Você disse que não estava se sentindo bem? Eu ouvi, não foi querido? Deixa isso comigo e com o Ivan.

Ivan levantou-se da mesa sendo levado por Marli com ar de triunfo olhando para ela por sobre os ombros,

Melissa apertava a xícara comprimindo as mãos.

_Não entra no jogo dela Melissa. - diz dona Estela. - É o que ela quer.

_Então dona Estela, é o que ela vai ter.

_Filha, não faça isso, você vai sair machucada, ainda mais no seu estado.

Melissa levanta o olhar para a senhora desviando o assunto e fala com determinação.

_Eu não entra num jogo para perder.

_O que vai fazer?

_Aguarde! Aquela mulher não perde por esperar.

Dona Estela conhecia muito bem aquela história, sabia que Melissa não tinha chance alguma contra Marli. Ainda lembrava-se com pesar de sua querida Paula, Marli não sossegou enquanto não a tirou do seu caminho; era Paula quem deveria ter sido a senhora Fonasco Barata, mas as ilusões da filha e os seus sonhos ao lado de Ivan foram

jogados no lixo. Ivan e Paula se cresceram praticamente juntos, seus pais já trabalhavam para os avós de Ivan, os dois engataram um relacionamento ainda na faculdade quando estudaram juntos, ficaram noivos com muitos planos para o final dos estudos casarem e colocarem em prática tudo o que sabiam na fazenda do pai de Ivan onde iam moram. Mas no último ano apareceu Marli, uma garota ambiciosa de cabelos curtos, saia justa e muito charme nos olhos castanhos.

A vida de Paula se transformou num verdadeiro inferno naquela universidade. Marli e suas amigas a perseguia de todas as formas até que forjou um encontro amoroso fazendo Ivan acreditar que Paula o traia com um dos mais populares rapazes da universidade, dona Estela não acreditando que a filha fosse fazer algo tão baixo, mas Ivan estava convencido por Marli e ninguém podia fazê-lo mudar de opinião. Paula partiu para o exterior assim que terminou os estudos, casou-se e por lá ficou até que veio a falecer quando estava prestes a dar a luz ao primeiro filho, ela e a criança não sobreviveram.

Dona Estela nunca perdoou Marli por aquele incidente, nunca falou ou fez algo contra ela, mas a mágoa estava guardada dentro do peito.

Agora via a mesma história se repetir, mas não teria o mesmo fim trágico como o de sua filha, ela ia interferir.

Olhava pela janela de sua cozinha Marli ao lado de Ivan, Melissa não estava em parte alguma da fazenda, foi encontrá-la horas depois no quarto sentindo enjoos que agora eram constantes, ela teria que conversar com Melissa a respeito para que ela fizesse alguma coisa.

Bateu à porta e entrou.

_Quer outro chá para aliviar o estômago?

_Não obrigada, eles já foram?

_Sim, os dois acabaram de partir.

_Eu vou ao médico dona Estela, preciso pegar o resultado do exame, volto logo.

_Quer que peça ao meu esposo que lhe acompanhe?

_Não será necessário.

Ela pega a bolsa e a chave do carro.

_Vai contara o senhor Ivan?

Melissa para em frente à porta, não se vira, apenas diz:

_Ainda não sei se devo.

_Conta logo Melissa, ele precisa saber.

_Com a Marli aqui, não sei se é uma boa hora.

Dona Estela coloca a mão no ombro dela de forma confortante   dizendo:

_É hora minha filha, acredite. Siga o meu conselho, ele vai gostar de saber.

_Deixa que eu vá agora, porque senão, chego atrasada ao consultório.

Deu um beijo no rosto da senhora e saiu.

Melissa saiu do consultório muito feliz com o resultado nas mãos. Ansiosa para chegar em casa e contar a Ivan. Estacionou a sua picape, dona Estela estava retirando a roupa do varal, ela dobrava e colocava dentro de uma cesta de vime no chão, ventava muito, era sinal de que uma tempestade se aproximava. Melissa ajudava a senhora com as roupas, levou a grande cesta para dentro seguida por dona Estela.

_A chuva logo vai chegar.

_Já chegou, olhe para fora.

Melissa olhou pela janela vendo vários pingos grossos caírem sobre a terra seguidos por uma chuva grossa e pesada.

_O senhor Ivan e a dona Marli vão ter dificuldades para retornarem a fazenda.

Melissa não respondeu, ficou sentada na cadeira enquanto a senhora fazia um café.

_Como foi no consultório? - perguntou a senhora vendo-a muito calada e pensativa.

Retirada de seus pensamentos, Melissa abre a bolsa retirando de dentro o resultado do exame, entrega a senhora.

Dona Estela pega seu óculos que estava sobre a prateleira e coloca sobre o rosto, seus olhos se embaçaram ao ver o resultado, a senhora estava chorando de alegria e tristeza ao mesmo tempo.

_Minha filha, que maravilha.

_A senhora já sabia, não era?

_Uma mulher do campo, como eu, entende os sinais. Eu sinto que Deus só tenha me dado a Paula, eu queria muitos outros filhos e encher a fazenda de rebentos alegres que pudessem ajudar o meu velho, mas os planos de Deus foram outros.

_Vou dar muitos filhos a Ivan, senhora vai ver.

As duas se abraçaram, a chuva lá fora estava furiosa, não parecia que ia embora tão cedo.

Melissa ajudava dona Estela na cozinha, as duas faziam doce de milho, curau e a famosa pamonha que Melissa adorava e estava sentindo vontade, com a excelente safra de milho colhido da fazenda iam ter muito o que fazer e matar o desejo de Melissa.

A chuva não dava trégua, varou a noite e o dia seguinte quase por inteiro, Melissa já não falava mais nada, sentia agonia em não saber onde Ivan estava com aquela mulher. O ciúme tomava conta de seu coração e seus pensamentos eram os piores possíveis. Sentia agonia da ausência de Ivan, ficou muito evidente para dona Estela que via o desespero de sua afilhada. Sabia o que se passava na cabecinha e no coração dela.

Ivan e Marli estavam voltando para a fazenda quando foram surpreendidos pela tempestade.

_Melhor você retornar Ivan, as ruas estão alagadas.

_É você tem razão.

_Tem um motel ali naquela saída, podemos ficar por lá até a chuva passar.

Ivan olha para ver outra opção, não havia, muitos estabelecimentos estavam com as portas fechadas., tudo o que restava era um drive-in e um motel, os restaurantes estavam fechados, lanchonetes com as portas baixas. Marli via a indecisão por parte de Ivan.

_Ivan, eu não estou pensando em nada, apenas podemos jantar enquanto a chuva não passa. Não temos como seguir em frente desse jeito, podemos ficar presos aqui dentro do carro. - ela percebia que ele já cogitava a possibilidade, ela sabia que não havia outra saída, que era o certo a se fazer – Não vai ser tão ruim assim.

Ivan olhava a rua alagada e vários veículos voltando, mudou o curso seguindo em direção ao motel, havia uma pequena fila, muitos haviam pensando como ele, alguns homens sozinhos, outros acompanhados e algumas mulheres com crianças que foram pegas na tempestade e não viram alternativa.

Ivan pensava apenas no que Melissa pensaria se soubesse, se ia acreditar nele se contasse, "ela nunca vai saber, porque não vai acontecer nada", pensava.

Marli via a sua frente uma possibilidade única, longe da fazenda e da influência de Melissa, teria uma outra chance com ele; teria que agarrar a oportunidade com unhas e dentes, faria tudo direito sem assustá-lo. Entraram no pequeno quarto, um dos últimos que sobraram, o quarto era modesto, mas o que importava mesmo era a cama enorme que podia ser dividida e assim ele poderia dormir sem ser incomodado, Marli via a cama com outro pensamento.

_Será que ainda estão servindo o jantar?

_Não sei, porque você não verifica enquanto eu vou tomar um banho, estou muito suada.

Ivan olhava para a bolsa que Marli trazia consigo, assim que ela abriu tirando outra peça de roupa, olhou maliciosamente   para ela   dizendo:

_Parece que você veio preparada.

_Sempre ando prevenida.

Marli pendurou sua blusa, colocou o conjunto de roupas íntimas sobre a cama, tirou a própria blusa, fingia não estar ciente do olhar de Ivan sobre ela. Ele gaguejava ao pedir um jantar para eles enquanto a olhava.

_O que você vai querer beber?

_Pede uma garrafa de vinho, nos dividimos.

_Vinho? Por que?

_Pede logo Ivan.

Olhava para ela vendo-a tirar a última peça, virou-se e pediu o vinho. Marli andava totalmente nua sem se importar que estava sendo observada por Ivan que tentava se controlar, ele pega o controle da televisão, trocando de canal sem ver o que estava passando, Marli liga o chuveiro mas, não entra fica onde ele a possa ver, estava olhando-se no espelho como se ajeitasse os cabelos. Ela virou-se para ele, seus olhos se encontraram.

_Estou enchendo a banheira...não quer vir tomar um banho também?

_Acho...que o jantar...já vai   chegar.

_Você acabou de pedir, vai levar no mínimo uns

quarenta minutos a uma hora para trazerem.

Sem pensar duas vezes, Ivan vai desabotoando a camisa ao mesmo tempo que tirava os sapatos, era conhecido de todos o fascínio que Marli exercia sobre ele.

Ela o encarava de uma forma que não deixava dúvidas sobre suas pretensões sem deixar escapar o olhar de Ivan sobre ela. Foi ao encontro dele ajudando-o a tirar a roupa, o que não foi difícil porque ele colaborava, parecia preso aos olhos de Marli.

Quando ainda era apenas um rapaz recém-saído do colégio, seu primeiro ano na faculdade conheceu Marli, ela passava por ele lhe jogando aquele charmoso olhar. Meses depois os dois foram pegos por um professor dando um tremendo amasso dentro da caminhonete estacionada no pátio que Ivan havia ganho do pai por ter entrado para a faculdade. O pai de Ivan era um rico fazendeiro, senhor Altamiro Francisco era muito conhecido de todos na cidade. A moça mais bela e popular da faculdade namorava agora o garoto mais rico da cidade. A banheira parecia pequena para os dois amantes. Aquele ato lhe parecia tão prazeroso quanto pecaminoso, sentia que estava a um passo de si arrepender, a cabeça latejava por causa da quantidade de vinho que tomou. O que havia começado na banheira havia terminado na cama. Ivan levantou sentindo a cabeça pesada, não conseguia nem visualizar as horas. Olhou para o lado vendo Marli dormindo nua ao seu lado, sua respiração era contínua de pura exaustão. Não podia culpá-la ou ao vinho, só a si mesmo, não saberia o que poderia dizer a Melissa quando chegasse na fazenda. A cabeça girava não conseguia concluir seus pensamentos, precisava de um café bem forte e uma boa refeição para tirar a sensação de vazio que sentia.

Marli o seduzia com muita maestria, os sentimentos de culpa agora tomava conta, levantou-se e após tomar um banho gelado pediu um café bem forte e uma aspirina.

◆ ◆ ◆

Enxugava-se quando Marli entra no banheiro, estava toda despenteada, abira os braços bocejando, senta no vaso para urinar   perguntando:
_Por que acordou tão cedo?

_Foi bom você acordar, porque já vamos embora.

_Mas é tão cedo ainda. O dia mal amanheceu.

_Se quiser vir comigo se apresse, já pedi o café. - disse isso saindo do banheiro.

_Você não pensa em me deixar aqui sozinha, não é?
_Já lhe pedi para se apressar, quero chegar logo em casa.

Marli foi se aproximando sorrateiramente agarrando-o pelas costas.

_Ainda temos um tempinho para....

_Não! - disse brutalmente – O que aconteceu fica aqui.

- Ivan solta os braços dela ficando de frente. - Pode ter certeza Marli que nunca mais vai acontecer.

_Vai dizer que não gostou de estar nos meus braços, de sentir o meu corpo novamente? - ela deslizava as mãos sobre a cama deitada nua olhando para ele – Pode me ter de novo agora mesmo se quiser.

_Marli, o nosso relacionamento acabou há muito tempo, por que voltou? Para atrapalhar a minha vida?

_Eu voltei porque nunca te esqueci Ivan, eu te quero de volta.

_Sinto muito eu já tenho alguém.

_Quem? Não me pareceu ontem que você tinha alguém. Alias a impressão que eu tive foi que você não tem alguém a muito tempo.

_Eu tenho alguém sim.

_Não vai me dizer que é aquela fedelha? Ela não é mulher para você Ivan, eu sou!

Antes que ele pudesse responder alguém bate na porta avisando que o café havia chegado. Ele apanha a bandeja dizendo:

_Tome o café e coloque sua roupa, estou de partida.

Marli não via outra saída que não fosse fazer o que ele havia lhe pedido, "já consegui o que queria mesmo", pensou pegando uma torrada.

As nove horas da manhã, Ivan estaciona o carro na fazenda, procurava com os olhos Melissa quando ela chega pela sua retaguarda montada no belo garanhão beija-flor.

Ivan sorria para ela que estava de cara fechada.

_Bom dia! - disse ele - Fiz bons negócio. - diante da imparcialidade dela, ele continua – Desculpa por não ter vindo ontem a noite, a tempestade me pegou no meio do caminho. As ruas ficaram alagadas, não havia como eu te ligar, o celular acabou ficando sem bateria.

Melissa olhava para Marli parada sorrindo, ela leva o cavalo para outra direção não respondendo a Ivan.

Ele entra na casa, caminhava para seu quarto quando foi abordado por dona Estela.

_Que bom que o senhor retornou, senhor Ivan, dona Melissa teve alguns problemas com o galpão por causa da forte chuva que ocorreu ontem a noite.

_Que problemas? Ela não me disse nada.

_O teto senhor, algumas telhas foram arrancadas pelo vento. Muitas galinhas morreram. A produção caiu pela metade. Ela está tentando salvar o pouco que restou.

O peso na consciência tornava-se cada vez mais pesado sobre ele.

_Obrigado por avisar.

Ivan entrou no quarto, deixou a bolsa sobre a cama, pegou o projeto original do galpão, abriu sobre a cama, olhava o que poderia ter feito de errado. Tudo no projeto parecia perfeito, as folhas de amianto fora trocada por pelas de zinco e foram reforçadas uma a uma, dobrou novamente, foi encontrar-se com Melissa.

Ela ajudava no descarregamento de novas telhas que haviam chegado.

_Você comprou telhas novas? Melissa não responde, continuou sua tarefa.

_Deixa que eu faço isso.

Ivan tomou a telha das mãos dela. Melissa retira as luvas grossas se afastando.

O trabalho durou o dia todo, estava no final da tarde quando tudo ficou pronto.

_Bom, por hoje chega. - anuncia Ivan aos trabalhadores – Melissa, - chama sua atenção – deixa esses frangos para amanhã.

Ela não toma conhecimento das ordens dele e continua. Ele fica olhando para ela enquanto seus homens vão deixando o local, ela andava de um lado para outro pegando uma galinha morta e colocando dentro de um barril de alumino, elas seriam queimadas ou enterradas, não sabia ao certo o que deveria fazer. Ivan se aproxima dela segurando em seu braço forçando-a a olhar para ele.

_Perdoe-me amor!

Ele a abraça forçando seu corpo contra o dela.

_Eu a amo Melissa, não se esqueça disso.

Agora ele havia conseguido chamar-lhe atenção, segurou no seu queixo levantando para que ela olhasse para ele.

_Eu sabia disso, sempre soube que te amava. Apenas agora me dou conta disso, eu admito que fui negligente com você.

_E   quanto   a   ela?
_Ela não significa mais nada na minha vida. Não faça essa cara de preocupação, porque não aconteceu nada, pode ficar tranquila.

Melissa estava convencida, esforçou um sorriso pegando-o pela mão, levou-o para a casa, entrou no quarto fechando a porta com a chave.

_O que foi? - perguntou ele

Melissa sorria segurando um pedaço de papel nas mãos, sabia que havia chegado a hora de contar a ele sobre a gravidez.

_Que papel é esse?

Ela lhe entrega observando sua reação. Ivan não conteve sua surpresa, pegou-a no colo rodopiando-a pelo quarto.

_Melissa, meu amor, isso é maravilhoso.

_Está feliz?

_Feliz? Nem sei descrever o que estou sentindo. Não sou merecedor de tanta felicidade.

Ele a segurava pela cintura puxando-a para ele.

_Venha c=a! Estou morrendo de saudades.
Melissa enlaçou seu pescoço beijando.
O beijo era forte e ardente.

A voz de dona Estela do lado de fora chamando-os para jantar não era ouvida, se era, ninguém deu importância. Depois que tomaram um banho, juntos e, fizeram amor como se fosse a primeira vez os dois conversavam sobre o futuro juntos.

Horas depois Ivan sai do quarto vestindo seu robe, Marli ainda estava na cozinha, não tinha cara de que estava contente. Ficou olhando para ele que não lhe deu atenção ou se importou com a sua presença. Ele pegou dois pratos abastecendo bem.

_Está com muita fome? - perguntou

_Estamos! - respondeu, ele olhou para dona Estela – A senhora   fez   a   salada   mista   que   ela pediu?
_Claro que fiz, está aqui! - disse entregando a ele uma grande travessa cheia com pedaços grandes de palmito por cima das cenouras e azeitonas pretas como Melissa gostava, Ivan carregava no azeite.

_Palmito? -gracejou Marli – Por que não me deu dona Estela? Sabe que eu adoro palmito.

_Desculpe filha, é que eu fiz para Melissa.

_E por que o tratamento especial? Ivan a interrompe.
_Foi ela que comprou e pediu para dona Estela fazer, é justo que coma.

Marli não se deu por vencida, Ivan pegou dois copos com suco e saiu, Marli aproveitou-se bombardeando dona Estela de perguntas.

_Dona Marli, me deixe, eu preciso ir dormir, as

minhas pernas estão me matando.

_Amanhã vai me dizer porque ele a está tratando tão bem. Não é justo essa mulher viver cheia de mimo desse jeito.

_Eles estão juntos, dona Marli. Por que a senhora não procura outra vida? Eles se amam de verdade.

_Não sei, não. Tem alguma coisa na fisionomia dele que eu não consegui descobri o que é, mas conheço o Ivan como a palma da minha mão.

Marli olhou para trás e não viu mais a senhora, ela havia deixado o local sem que ela percebesse.

_Essa velha bruxa vai se ver comigo.

Capítulo VII

A vida de Melissa não foi facilitada por
Marli que via o romance deles cada vez mais fortalecidos.
Melissa não gostava de
ser contrariada, muito menos no que fazia de melhor, no
seu trabalho administrando a fazenda.

_Sinto muito Marli, esse campo é com a Melissa, eu não quero você novamente se intrometendo nos assuntos da fazenda.

_Ela vai levá-lo a falência.

_Se você não se lembra muito bem, foi você que fez isso

_Por que remexer o passado Ivan? Quero abrir seus

olhos para o futuro.

_Foi graças a ela que estou conseguindo pagar as minhas dívidas e colocar comida na mesa outra vez.

_Você dá muito crédito a ela por isso, não?

_É claro, agora que estou conseguindo me erguer.

_Como você sonha pequeno Ivan, seu pai choraria com certeza se pudesse lhe ver agora. Ele que era conhecido como o rei do gado, agora você não passa...

_Do "rei dos pintos", eu sei! Estou me acostumando a ser visto assim, e estou muito bem obrigado por sua preocupação.

_Você....

_Ponto final nesse assunto. - Ivan saiu deixando-a zangada.

Uma forma de provocar Melissa, foi desfazando tudo o que ela fazia. Marli conseguia tirá-la do sério ao fazer isso. Não contava nada a Ivan, para não provocar o choque entre os dois. Dona Estela interferia sempre que podia, Marli trocava os moveis, a decoração do lugar ao seu gosto, dando ordens na casa e a dona Estela, mas foi proibida por ela a dar ordens na sua cozinha.

Não aguentando mais, Melissa leva o caso a Ivan.

_Por favor, Ivan, mande-a embora. Ela já está aqui a seis meses interferindo em nossas vidas, e você disse que era por pouco tempo.

_Eu sei! - ele passava a mão na barriga de Melissa beijando-a – Ele ainda é tão pequeno, acho que mal dá para ver.

_Ainda estou de dois meses, é pouco tempo, mas não mude de assunto.

_Desculpe, vou falar com ela.

_Promete?

_Prometo.

_Ainda hoje?

_Tudo bem, ainda hoje eu falo com ela.

No final da tarde Ivan cumpriu sua promessa a Melissa e foi falar com Marli, ela estava na varanda lendo um livro de poesias como era o seu costume.

_Preciso falar com você Marli, pode me dar um tempo?

_Claro! - ela coloca o livro de lado. - Sobre o que você quer falar?

Ele senta-se de frente a ela, cruza as pernas, olhando para ela   diz:

_Eu sei que você não está em condições de morar sozinha por falta de dinheiro, mas, prometo que vou ajudar. A fazenda está produzindo muito bem, estamos caminhando na direção certa....

_Espera ai! - diz ela interrompendo-o – O que quer dizer com   tudo   isso?

_Que eu vou poder te dar uma pensão, você terá tudo o que precisar para viver.

_Nossa, está podendo! - ironiza.

_Graças a Deus os negócios vão bem e as mãos habilidosas de Melissa estão progredindo.

_A Melissa outra vez. - Marli falava com desprezo da jovem.

– Claro, não poderia ser outra pessoa.

_Então posso procurar um apartamento para você?

_Ivan, antes que tome qualquer atitude que venha a se arrepender depois, eu preciso lhe mostrar uma coisa.

Marli retira de dentro do livro que lia um envelope aberto, entra a Ivan.

_O que é isso?

_Abra e leia, por favor.

Ivan abre o envelope olhando para ela, ao ler o que continha no papel foi como se alguém lhe jogasse um balde de gelo sobre sua cabeça, duro e frio.

_O que isso significa?

_Oras Ivan, não é a primeira vez que eu lhe mostro um exame de gravidez.

_Isso só pode ser brincadeira.

_Você acha que é?

_Não pode me dizer que uma única vez que estivemos

juntos você engravida? Quando estávamos casados você demorou para ter o Nícolas.

Ivan levanta-se jogando o papel no colo de Marli.

_Você não vai fazer isso comigo novamente.

_Fazer o quê?

_Não vou ser manipulado por seus caprichos.

Marli levanta-se zangada, encara Ivan dizendo:

_Você gostou tanto quanto eu, se quer sentir-se culpado causa do seu casinho com essa garota, por mim tudo bem. Mas, não vou deixar o meu filho nascer sem pai, ele tem esse direito.

_Não acredito que isto está acontecendo. - Ivan estava transtornado, ele foi cair no velho golpe da barriga, Marli já havia feito isso uma vez engravidando de seu primeiro filho, ele até que adorou a ideia de ser pai, os dois eram ainda jovens, Ivan queria mesmo ser pai. Mas, agora não tinha tanta certeza se queria ser mesmo o pai do filho de Marli sendo que Melissa também estava grávida dele, ele tinha certeza de que era o que eles queriam, mas quanto a Marli, não tinha essa certeza, ela era manipuladora e estava usando todas suas armas para conseguir o que queria.

_Se está duvidando da minha gravidez, podemos ir juntos ao consultório do Álvaro. Ele pode confirmar tudo para você.

_Não estou questionando isso.

_Quando ele nascer você pode fazer um exame de DNA, se quiser.

Marli estava sendo abusada, ela sabia disso, mas sua principal arma era a ousadia, sabia como ninguém blefar e ganhar nesse jogo.

_Muito bem, você venceu. Por enquanto!

_Como quiser.

Marli estava jogando pesado e muito bem, Ivan deixou-a entrando sem saber o que deveria dizer a Melissa. Encontrou-a preparando o jantar ao lado de dona Estela.

_Que cheiro delicioso. - disse entrando na cozinha, o sorriso era amarelo e tentava disfarçar o nervosismo que sentia.

_Adivinha se for capaz do que eu fiz?

_Carne de porco assada

Melissa olhou para dona Estela sorrindo.

_Só de pensar fico enjoada.

_O que vocês duas aprontaram agora?_Ela fez "vaca atolada."

_Não acredito amor, você fez o meu prato favorito.

_E eu não sei disso!

_Está pronto? Posso comer agora?

_Claro senhor afobado, vá lavar-se.

_Filha, vá sentar-se com ele, deixe que eu sirvo vocês.

_Mas a senhora está com dor nas penas.

_Não se preocupe, eu vou me deitar assim que terminar aqui.

_Muito bem.

Os dois estavam saboreando um delicioso jantar num clima romântico quando Marli entra, o casal sente como se um bloco de gelo se aproximasse esfriando todo o ambiente, além de escurecer tudo ao redor.

_Dona Estela, por que não me avisou que o jantar estava sendo servido? Já está caducando?

_Olhe como fala com ela. - diz Ivan

_Então me diga por que não me chamou?

_Ela estava ocupada.

_Ah! Sim, com os dois pombinhos.

◆ ◆ ◆

Melissa larga o garfo sobre o prato fazendo barulho, Ivan segura sua mão na forma de impedi-la de fazer ou dizer algo.

_Sente-se logo Marli, dona Estela está com dores nas pernas e não pode ficar muito tempo em pé.

Contra seu gosto, puxou a cadeira sentando-se de frente a Melissa ao lado esquerdo de Ivan.

_Então me sirva que não posso ficar muito tempo sem comer.

Dona Estela olha para ela servindo-a, ela olhava para o prato enjoada. - Eu não quero isso, não tem outra coisa para servir?

_Tem ovo frito, quer? - diz dona Estela

_Se não tem outra coisa eu quero. Afasta essa coisa que a senhora fez que está me dando enjoou.

Melissa olhava para ela depois para Ivan que olhava para seu prato evitando encarar Melissa ou quem quer que seja.

Quando estavam no quarto, sozinhos, ela lhe perguntou:

_Falei!

_Falou com ela?

_E quando ela disse que vai embora

_Ela não disse, apenas revelou que vai procurar um

apartamento.

_Foi assim tão fácil?

_Também achei que ela fosse criar dificuldade, mas não fez nada.

Ivan mentia, sentia-se mal, mas não tinha coragem para dizer a ela sobre a gravidez de Marli.

Capítulo VII

Marli estava na cozinha virando sua xícara enquanto dona Estela preparava um copo de leite morno para levar a Melissa no quarto.

_Por que está tratando essa moça com tantos mimos? Ela me parece ser bem forte para vir buscar o que quiser.

_Ela precisa se alimentar bem.

_E   por   que?

_O senhor Ivan ou dona Melissa não lhe disseram nada?

_Sobre   o
quê?

_Ela está grávida!

Dona Estela disse com toda a boa intenção sem saber que o destino de Melissa agora estava nas mãos maldosas de Marli.

Ela deixou a cozinha sem dizer nada, estava furiosa com Ivan, "Ivan só pode estar brincando comigo! Essa mulher não vai ter um filho com ele, essa fazenda é minha e do meu filho. Sacrifiquei anos de minha vida aqui nesse fim de mundo para dar de mão beijada para essa piranha. Ninguém e nada vai nos tirar isso filho, vou dar um jeito nessa mulher"! Diz passando a mão sobre sua barriga.

A gravidez de Melissa estava caminhando bem enquanto a de Marli já mostrava-se evidente demais e mais parecia mais complicada por causa de sua idade. Ela fazia de tudo para que Melissa soubesse de seu estado enquanto Ivan tentava o que podia para cobrir a situação que já ficava insuportável.

Não sabia por quanto tempo ainda poderia continuar naquela situação, teria que contar a Melissa cedo ou tarde e já estava tarde como lhe disse dona Estela.

_Não a deixe no escuro senhor Ivan. - disse ela enquanto lhe servia uma xícara de café. -
_Eu sei disso.

_Então conte logo, as duas precisam saber uma da outra, o senhor não vai poder conter essa situação por mais tempo.
Ele tomou todo o seu café levantando.

_Obrigado por seu conselho dona Estela, a senhora como sempre tem razão. Essa situação já foi longe demais até mesmo para mim.

_A dona Marli sabe que está perdendo a posição para dona Melissa a cada dia. As duas ficam se atacando.
_Vou dar um jeito nisso.

Marli ficava indignada com todos mimando Melissa, olhava as flores frescas que traziam enfeitar a casa, as frutas que lhe davam, ela nunca tivera esse carinho nem o respeito que Melissa tinha dos empregados da fazenda que a ajudavam e acatavam suas ordens respeitando-a cada vez mais. Para Marli a gota d'Água veio quando ouviu Ivan dizer que ia pedir Melissa em casamento, ela rodeava a sala caminhando sem saber o que fazer até ouvir a conversa na cozinha, ele conversava com dona Estela na cozinha, ela ficou escondida ouvindo tudo.

_O que o senhor vai fazer? Se é que eu posso perguntar.

_Claro que pode! - ele retirou do bolso uma caixinha preta mostrando a dona Estela – Vou pedi-la em casamento.

Dona Estela coloca a mão na boca sorrindo.

_Senhor Ivan, é aliança mais linda que eu já vi na minha vida.

_Será que ela vai gostar?

_Com certeza! Dona Melissa é uma boa moça, com certeza o senhor vai ser muito feliz.

_Já está mais do que na hora dona Estela, eu não vivo mais sem essa mulher.

Dona Estela sorria para o patrão.

Marli que olhava pela fresta da porta vendo Ivan guardar a pequena caixa-preta dentro do bolso sentia a raiva e a fúria tomando conta dela, correu para seu quarto trancando a porta, tinha que pensar no que fazer a respeito.

Na manhã do dia seguinte Melissa estava acordando, sentia-se feliz ao lado de Ivan, acordou de uma noite maravilhosa, sentia-se muito bem com a conversa que tiveram sobre como seria o quarto do seu bebê.

_Logo pela manhã vamos a cidade e compramos tudo para decorar o quarto, o que você acha?

_Vou adorar amor! - respondeu Melissa abraçando-o

pelo pescoço puxando-o para si.

Olhava para ele quando Ivan abriu os olhos, ele sorriu.

_Sabe que é feio ficar encarando as pessoas enquanto elas dormem?

_Acho que não sabia disso.

Eles trocam beijos, enquanto ele joga de lado a coberta dizendo:

_Vou preparar a caminhonete para irmos.

_Está bem, vou tomar um banho e já vou.

Sobério era um dos empregados contratados para na fazenda e cuidar dos frangos, ele entra na cozinha todo afoito.

_O que é isso rapaz? - diz dona Estela indignada

_Senhora...bom dia....eu quero falar com o senhor...Ivan.

_Calma rapaz, respira fundo!

Naquele momento Ivan e Melissa entram na cozinha.

_Bom dia! - diz os dois ao mesmo tempo.

_Bom dia senhor Ivan, Melissa, Sobério quer falar

com o senhor.

_Pode falar, parece que você estava correndo.

_Desculpe eu vir incomodar o senhor assim tão cedo.

_O que aconteceu?

_Um dos cavalos sumiu do estábulo.

_Como sumiu? - pergunta Melissa

_Não sei senhora.

Ivan se volta para Melissa que sorriu lhe dizendo:

_Amor...

_Não precisa falar nada, vamos outro dia.

Ivan sorri beijando-lhe a mão deixa a cozinha ao lado de Sobério.

Ivan passou pelo corredor feito furacão, Marli que tentou falar com ele não conseguiu.

_O que aconteceu para que Ivan corresse daquele jeito? - perguntou

_Um dos cavalos fugiu, ele foi atrás.

_E como foi que isso aconteceu? - ela fingia simpatia sentando-se ao lado de Melissa.

_Se soubéssemos! - respondeu

Marli olhou para Melissa que também saia da cozinha, ela olha para a mesa com desdém, dona Estela conhecendo-a diz:

_Se quiser eu lhe sirvo na sala de jantar.

_Por favor, não se demore, estou com fome. - virou as costas saindo.

Sentou-se na cadeira esperando que a velha senhora lhe trouxesse logo o seu café da manhã, ela entra com uma bandeja com todos os aparatos.

_Detesto tomar café na cozinha com os empregados. - resmungou.

_Dona Melissa e seu Ivan não liga de tomarem o café na cozinha. Alias foi ele que fez questão de não ser servido aqui.

_Hábito de pobre mesmo.

Dona Estela não comenta já estava deixando Marli sozinha quando esta a chama de volta.

_Preciso que me faça um grande favor.

_Claro senhora.

_Quero que peça a Melissa para ir comigo apanhar uma encomenda na cidade eu não posso dirigir até lá.

_Sim senhora.

Marli voltou sua atenção ao seu desjejum, meia hora depois melissa estava ao lado da caminhonete. Ivan que soube sobre a pequena viajem veio até ela.

_Por favor amor, não demore ou vou ficar preocupado.

_Claro que ela não vai se demorar, eu prometo que hoje não vai chover e não vamos ficar presa na cidade. - fala Marli para provocar Ivan.

_Como diz dona Estela, "vou em um pneu e volto no outro". - dizia sorridente beijando Ivan.

O beijo foi longo e suave, tudo aos olhos de Marli que já estava instalada na caminhonete esperando por Melissa.

_Vai ficar preocupado comigo também? - pergunta Marli.

Ivan não responde, apenas olhou para ela com cara de poucos amigos, ela sorria com ironia.

No caminho para a cidade, Marli fez com que Melissa parasse o carro, estava nervosa.

_O que foi? Aconteceu alguma coisa? - perguntou Melissa

Marli não responde, parecia tremer.

_Você está bem?

_Não...por favor, pode parar aqui um pouco.

_Claro. - Melissa desliga o carro – Quer voltar?

_Não, vou descer e tomar um pouco de ar.

Marli desce do veículo encostando-se na cerca, Melissa preocupada chega perto dela.
_Como está se sentindo?

_Vai melhorar. Isso acontece sempre que passo aqui.

Melissa olha para frente, compreendia a situação, sabia que logo adiante ficava o poço que seu filho e de Ivan caiu, ele não conseguiu sobreviver a queda. Olhava solidária para Marli.
_Não sei porque até hoje esse lugar não foi fechado.
_O dono nunca foi encontrado.

Marli atravessou a cerca sobre o olhar de incredulidade de Melissa.
_Aonde você vai? Não pode entrar ai.

Ela não respondeu, continuou a seguir pela propriedade adentro.
_Marli! - chama- Vamos voltar, não é seguro andar por aqui.

_Eu quero ver mais uma vez.
_Por que? Porque quer se torturar assim?

_Ninguém vai me impedir de ver o meu garoto.

_Você sabe que ele não está ai. Agora deixa de frescura que temos que voltar para o carro.
Melissa dizia para ela que não toma conhecimento, Marli não mais a ouvia, já estava bem longe, Melissa não viu outro jeito que não fosse segui-la.
O lugar estava coberto pelo mato alto, mata fechada, a vegetação estava tão densa que não se via por onde ia,

até que Melissa a encontrou parada e chamou:

_Marli, vamos embora, não há razão para você está aqui. O que aconteceu foi a muitos anos.

_Quem você pensa que é para tirar a memória do meu filho?

_Você está se torturando à toa.

_Era o meu filho, meu filhinho querido, era tudo o que eu tinha nesse mundo.

Marli se ajoelha no chão chorando, Melissa aproxima- se dela.

_Vamos, desculpe, eu sei o que você deve ter passado.

_Não, você não sabe.

Marli subitamente se volta para Melissa empurrando-a para dentro do poço, o que se escuta a seguir foi o grito desesperado de melissa que se cala ao chegar ao fundo.

_Agora você vai saber o que ele sentiu. - gritou Marli

Foi a única coisa que Melissa ouviu antes de entrar em completa escuridão.

Ivan havia procurado o cavalo aquela manhã inteira, encontrou-o pastando pela propriedade, bem próximo a divisa com uma outra propriedade. Chegou perto do animal acariciando sua clina, olhou para corda que ele arrastava, havia sido cortada com uma faca sem corte, fora coisa de amador.

_Olhe isso Sobério. - mostra a corda para o rapaz

_Alguém cortou a corda senhor.

_Com certeza alguém que não tem conhecimento do que faz.

_Parece ter sido com faca de cozinha.

_Penso a mesma coisa.

_Encontramos uma faca desse tipo no pomar, dias atrás.

◆ ◆ ◆

_E por que não me disseram nada?

_Achei que fosse um dos empregados que fora apanhar laranja e acabou esquecendo-a por lá.

Ele olhava o corte mal feito.

_O senhor desconfia de alguém?
_Alguém da casa que tem acesso à faca.

_Não pode ser dona Estela.

_Dona Estela não. Ainda não posso afirmar isso com certeza. Vamos voltar para casa.

Ao chegar ao estábulo, o animal vai direto beber água. Ivan deu ordens para que todos ficassem atento e de olho nos animais. Olhou para o céu que anunciava que uma tempestade parecia que se aproximava e pela velocidade do vento, ela não demoraria para chegar. Encontrou dona Estela que voltava da horta com uma cesta cheia de verduras e legumes.

_Dona Estela Melissa já retornou ou ligou enquanto estive fora?

_Não senhor, estou ficando preocupada porque parece que vai chover mais cedo hoje.

_Espero que elas cheguem antes da tempestade.

_Robério me ajude aqui, por favor! - disse entregando a cesta cheia de hortaliças ao marido.

_Não se preocupe senhor Ivan, dona Melissa sabe muito bem se cuidar.

_Mesmo assim eu não queria que ela dirigisse na chuva.

_Vou agora mesmo rezar por elas.

O almoço como sempre foi simplesmente maravilhoso, Ivan olhava para a janela inquieto e sentindo que algo não estava bem, olhava para o relógio constantemente. Não conseguia fazer nada por conta da sensação que o deixava intranquilo. Olhava chuva que caia fortemente, já estava na metade da tarde quando viu o carro de Melissa se aproximando. Sorridente Ivan apanhou um grande guarda-chuva e saiu para ajudá-la, abriu a porta do carro surpreendendo-se ao ver Marli ao volante pegando várias sacolas, olhava não vendo Melissa.

_Onde está Melissa?

_Ficou na cidade.

_Como assim?

_Encontrou alguns amigos e disse que só vem amanha. Disse para você não se preocupar que estará bem.

_E por que não me ligou avisando?

_Não tem telefone e nem eletricidade por lá, acho que vai fechar algum negócio.

Marli vai falando descendo com as sacolas empurrando para Ivan.

_Vamos, me ajude aqui Ivan, eu trouxe muitas coisas para nosso filho.

Ivan não acreditava na cara de pau daquela mulher, estava evidente demais que queria o seu antigo posto naquela fazenda e na vida dele.

_Dona Estela! - grita Marli, assim que a velha senhora aparece ela entrega a ela as sacolas. - Leve tudo para meu quarto, depois me faça um lanche bem reforçado, eu não almocei ainda.

_Com quem você disse que Melissa ia ficar? Marli voltou-se para ele.

_Eu disse? Acho que não disse não.

_Então me diga.

_Eu não conheço ninguém, nem cheguei a ver esses

amigos de quem ela falava, eu estava na loja adiantando tudo para voltarmos antes da chuva, o que não foi possível. Ela não quis comprar nada para o bebê dela. - Marli olha para ver a reação que provocou em Ivan – É eu sei sobre a gravidez, ela me contou.

Ivan não acreditava que Melissa tinha dito algo tão íntimo para ela.

_Então você sabe.

_Sei sim, quem nessa fazenda não sabe? Ela foi aproximando de Ivan.

_E quanto a nosso filho, ela sabe? Uma bandeja caindo fazendo um tremendo barulho chamando a atenção dos dois, era dona Estela que estava estática querendo deixar o lugar e limpar tudo ao mesmo tempo. Ivan deu o primeiro passo para ajudá-la a recolher tudo do chão.

_Não se preocupe senhor.....eu apanho....

Ele olha para ela querendo lhe contar toda a verdade.

_Vou preparar outra....bandeja! - ela sai olhando para Marli.

_Não se preocupe, a Marli pode esperar pelo jantar, tenho certeza de que está quase pronto.

_Sim senhor!

Ivan também estava nervoso.

_Agora ela também sabe, logo todos vão saber Ivan.

Ele foi para seu quarto, estava mais preocupado com a ausência de Melissa e onde ela poderia estar. Pegou o celular discando várias vezes seguidas sem retorno.

_Atenda Melissa, atenda, por favor!

Com o passar das horas e a noite chega com fortes chuvas, Ivan estava sentindo o desespero tomar conta. Abriu a janela sentindo o vento frio. A chuva não trouxe apenas a baixa temperatura, também alguns estragos e a energia se foi deixando todos a escuras. Dona Estela e o marido colocavam castiçais com velas acessas ao redor dos cômodos da casa. Decidiu tomar seu banho, estava difícil para ele acreditar que Melissa fosse tão imprudente assim, deixando Marli voltar sozinha para ficar com amigos, "ela não havia levado nada para passar uma noite se quer fora de casa". Pensava Ivan foi até ao veículo para olhar a quilometragem, acabou encontrando a bolsa de Melissa jogada embaixo do banco na parte de trás. Abriu constatando que a carteira e tudo o mais estava ali, ficou mais intrigado com a história contada por Marli.

Melissa acordou sentindo as primeiras gotas de chuva caírem sobre o seu rosto, seu corpo todo doía devido ao impacto, não sabia ao certo o lugar em que se encontrava, estava na mais completa escuridão, tateava as mãos sentindo que o lugar era estreito, sentia-se com sorte daquele poço está sem água, só insetos e agradecia a Deus por não ter se deparado com alguma cobra, ou, pelo menos, não sentiu nada, a única claridade que tinha era a que vinha de cima quando aparecia no céu os raios.

Tentou ajeitar o corpo da melhor maneira possível, sentia uma dor imensa no seu tornozelo. Tentou várias vezes escalar a parede que estava escorregadia, chegava até a metade e caía novamente no chão, gritou até não aguentar mais, apenas ouvia um celular tocando. Conhecia o toque e sabia que ele deveria ter caído do seu bolso quando caiu naquele poço. Sentou-se no chão abraçando as pernas chorando e rezando.

_Obrigada meu Deus por não ter quebrado meu pescoço. Só peço mais uma coisa, traga o Ivan até a mim, ele precisa vir me tirar daqui.

Capítulo VIII

Marli estava muito bem arrumando na gaveta, as roupas que comprou com o cartão que tirou da bolsa de Melissa, ouve uma batida na porta, ela diz:

_Entra!

_Oi! - dizia Ivan parado na porta.

_Oi, vem ver o que comprei para o nosso filho.

_Não tenho tempo para isso.

_Não quer ver as roupinhas? São tão lindas, sei que vai ser outro menino.

_Marli, preciso saber onde exatamente a Melissa ficou, estou preocupado. Ela não costuma ficar sem atender o celular.

_Ela estava com amigos em uma lanchonete.

_Qual?

_Não sei o nome, nem olhei.

_Meu Deus, Marli, assim fica difícil falar com você. Como vou saber onde procurar por ela?

_Vamos, relaxe, - ela chega furtivamente por trás dele abraçando-o – ela sabe se cuidar, e talvez não queira que você a encontre. Talvez esteja fazendo o mesmo que nós.

Ivan desvencilha de seus braços não gostando do

que ouviu, ele deixa o quarto. Marli ria do seu feito como uma louca, "nunca vai achá-la".

Ivan foi até a cidade procurar por Melissa, ficou por lá perguntando a todas as lanchonetes do lugar, ninguém viu a jovem, voltou para casa já tarde da noite quando a chuva já tinha cessado, todos dormiam quando ele entrou.

Ele havia procurado a polícia para dar queixa de seu desaparecimento, mesmo com essa providência não estava tranquilo.

Não dormiu aquela noite pensando no que poderia ter acontecido a ela. Olhou para ver se o telefone estava devidamente ligado, entrou no quarto onde ligou para alguns conhecidos que estava no pequeno caderno de recados, guardado numa gaveta de roupas íntimas, não obteve resultado favorável, nenhum de seus amigos a tinha visto nos últimos dias. "Tudo isso está ficando cada vez mais estranho e estou cada vez mais convencido de que Marli está mentindo."

Marli entrou no quarto furtivamente vendo-o adormecido sentado no sofá, tirou de sua mão o telefone deixando-o desligado no seu lugar e saiu, andava pela fazenda como se não quisesse ser vista, usava a escuridão do lugar para esconder-se de possíveis trabalhadores. Andou por dez minutos até chegar a estrada que dividia as propriedades, atravessou a cerca chegando ao outro lado, a mata estava molhada e a lama dificultava sua caminhada sujando toda sua bota, chegou ao poço, olhou para dentro colocando uma pequena lanterna chamando:

_Melissa?   Ainda   está   viva? Ouvindo aquela voz, Melissa tentava mexer-se, mas estava com tanta dor e com muito frio, a câimbras nas pernas e com tanto frio que não conseguia falar, mas deu para Marli ver que ainda estava viva, a queda não liquidou com a sua vida como fez com seu pequeno Nico.

_Ainda está viva? Você é mais dura na queda do que imaginei que fosse. Quero que saiba que ninguém vai encontrá-la, o Ivan acha que você foi para a casa de amigos. Mas não se preocupe, estou cuidando bem dele. - ela vira as costas mas volta novamente – E mais uma coisa, ele não virá te buscar, ninguém virá.

_Marli…- tentou gritar, mas o que saiu de sua boca não foi nada mais do que um sussurro.

_O quê? Será que ouvi algo? Mortos falam?

_Marli...me ajude...meu filho....estou grávida....me tire daqui....por favor....

Melissa conseguiu dizer finalmente.

_Você está grávida? Não diga, olha que coincidência, eu também estou. - Marli debruça-se sobre o poço para continuar - Sabe aquele dia que o Ivan me levou a cidade? Então, querida, nós dormimos juntos, o dia da chuva, e eu, claro, engravidei do meu marido. Você não tem a menor chance com ele.

Melissa estava surpresa com aquela notícia, tentou mexer a perna segurando-se na parede do poço ficando em pé, a dor era insuportável que deu um gemido alto.

_O que aconteceu? Está doendo? Machucou muito?

_Eu...quero sair...me ajude...

_Vou lhe contar uma linda história de amor, ainda temos muito tempo até que todos se levantem....

_Marli, acho que quebrei a perna   está doendo muito.

Não lhe dando ouvidos, Marli continuou.

_Se eu estiver certa, foi há umas quatro semanas atrás quando o meu querido Ivan me levou a cidade, você se lembra Melissa? Fomos comprar aquelas porcarias que você pediu para as galinhas que você cria. A única coisa boa foi o que aconteceu graças a chuva e aquela eventual e providente enchente que não deixou que o carro ultrapassasse, não conseguimos seguir adiante, o motel que tinha no nosso caminho veio bem a calhar. Eu queria muito ter uma amiga naquela hora para ligar e mandar fotos para contar o que aconteceu, vou contar a você menina; Ivan como sempre, foi um amante maravilhoso como você também sabe, carinhoso, romântico com direito a vinho e tudo o mais, sabe fazer amor do jeito que gostamos, sabe exatamente o que deve e não deve fazer, é por isso que voltei, tive vários amantes, mas nenhum se iguala a Ivan. Agora que ele conseguiu se erguer, graças a você querida, podemos dar continuidade a nossa vida interrompida. Não se preocupe, você é substituível, mesmo você estando grávida, o filho que vai nascer é o que eu espero. - ela ajeita o corpo voltando o tronco ficando ereta – Agora que você sabe toda a verdade do que aconteceu, vou deixá-la pensando um pouco, sei que o Ivan não lhe contou nada, então resolvi lhe contar, você não pode ficar na escuridão.

Ela vai se afastando.

_Não....- gritava Melissa – não me deixe aqui....Marli.....- Melissa chorava a ponto de deixá-la exausta.

Melissa ouvia a risada insana de Marli diminuindo a cada passo que dava, aos poucos se deu conta de que estava perdida naquele lugar, Ivan nunca pensaria em procurar por ela ali, ele não imaginaria que ela se encontrava no mesmo poço que tirou a vida de seu único filho e que se ele não a encontrasse a tempo poderia perdê-la também.

Ela gritava por socorro sem obter sucesso, sua voz estava cada vez mais fraca e falha, a garganta doía assim como todo o seu corpo.

O único modo de sair dali era com ajuda, o poço tinha uns oito metros a seu ver, sentou-se novamente escorregando o corpo pela parede até chegar na lama que se formou no fundo, lembrava que alguns meses atrás tinha conhecido um dos herdeiros daquela fazenda, ele havia prometido lhe vender parte dela.

_O que você quer fazer com aquela terra? - perguntava Moacir - Ela é dura e improdutiva.

_Eu quero enterrar de vez aquele poço que já deu dor de cabeça no passado. Depois posso pensar no que vou fazer.

_Sei porque você quer enterrar aquele poço.

_Soube através de seu avô que você queria enterrar aquele poço a muito tempo e ele não deixou.

_Que ironia não é! Meu avô deveria ter feito isso a muito tempo, logo que ele secou. O problema veio com a sua morte, a família brigou pela herança e nada foi feito, até eu herdar tudo.

_Muito bem Moacir, fica com o meu telefone, quero aquela parte que faz divisa com a de Ivan, assim que sair o inventário e toda a documentação estiver em ordem você me liga e vamos fazer negócio.

_Pode deixar que eu ligo sim, eu não vou querer aquela parte das terras e, sei que meus irmão também não.

Melissa sentia agora que a ironia do destino brincou com ela, no poço que mudou totalmente a vida de Ivan agora mudava a sua. Sentia fortes dores no pé dobrou os joelhos, juntou suas mãos numa prece fervorosa pedindo a Deus que iluminasse Ivan para que ele a encontrasse logo.

Ivan estava sentado tomando seu café quando Marli se aproxima, parecia feliz.

◆ ◆ ◆

_Que dia maravilhoso está lá fora. Não sei porque, mas me sinto tão bem, tão feliz por estar aqui com você amor. Acho que é o ar da fazenda que faz isso comigo. - ela coloca a mão sobre a de Ivan que estava sobre a mesa.

Ele a puxou em seguida levantando-se da mesa, olhou para ela com reprovação.

_Você não está nem um pouco preocupada com o desaparecimento de Melissa?

_Não, por que? Deveria?

_Claro que deveria, você foi a única pessoa que a viu pela última vez.

_Eu? Você está enganado, seu a deixei com amigos, eles devem saber o que aconteceu a sua protegida.

Ivan notava a frieza contida naquela voz.

_Você não mudou nada, continua a mesma mulher sem sentimentos, uma pessoa fria e calculista que sempre foi. Eu fui cego de um dia ter me apaixonado por você. Mas fui liberto quando a única coisa que eu amava morreu naquele poço por um descuido seu como mãe.

Ao mencionar o poço, Marli olha para ele dando-lhe

um tapa no rosto de Ivan.

_Nunca mais fale daquele maldito lugar e muito menos do meu filho.

Saiu da cozinha deixando Ivan, entrou em seu quarto esfregando a mão nervosa caminhando de um lado para o outro.

Ivan estava estarrecido com aquela atitude repentina de Marli.

_A senhora viu aquilo dona Estela? A velha senhora acenou com a cabeça.

_O senhor não deveria ter dito o que disse a ela. Essa história ainda machuca.

_Por que então ela fez aquilo?

_O senhor não acha que essa reação foi muito esquisita?

_A senhora acha que ela tem culpa no desaparecimento de Melissa?

_Eu corto minha mão se ela não estiver escondendo algo.

_Não diga isso, ela não poderia ser tão má.

_Ela poderia sim. - disse a senhora mais para si mesma.

Ivan ficou pensativo, caminhava pela propriedade com o celular na mão, não entendia porque Melissa não atendia.

_Meu Deus, alguma coisa aconteceu, ela não desligou o celular, apenas não atende. A polícia também não me manda noticia alguma.

Ivan tentava de todas as formas pensar em uma possibilidade de ser verdadeira a história contada por Marli.

"Mas algo não está se encaixando, eu não sei o que é." Ivan

encostou-se na cerca que separava as duas propriedades, ficou olhando para o outro lado com o olhar perdido, bateu a mão no bolso da calça sentindo o celular, pegou-o para ver se tinha alguma ligação perdida de Melissa,nada.

_Droga! - disse com raiva

Resolveu ligar para ela mais uma vez.

Para sua surpresa ouvia o som de um celular, tirou o seu do ouvido para ouvir melhor, o som tinha o mesmo toque do aparelho de Melissa, parecia estar perto, ele desligou, o som parou, ligou novamente e se confirmou, o som voltou.

_É o celular da Melissa, tenho certeza, será que ela sofreu um   acidente? Com o seu celular ligado, ele foi seguindo o som vendo pegadas recentes na lama, eram pegadas não muito profundas, atravessou para o outro lado da cerca, encontrou o aparelho não muito distante caído no chão protegido da chuva por sua vegetação. Ivan abaixou-se pegando-o.

Ele olhou ao redor, depois para frente, o mato havia coberto todo o lugar, estava alto, mas havia alguns ramos remexidos e quebrados.

_Esse luga não é o mesmo desde que tudo aconteceu com você meu menino, e, agora estou de volta aqui com medo do que possa ter acontecido com a mulher que amo. Sabe filho, eu espero que você tenha perdoado seu pai pelo que lhe aconteceu, mas o filho que sua mãe espera, eu tenho dúvidas, não sei porque, se for meu, será o irmão que tanto queria. O problema é que Melissa também espera um filho do seu velho pai, e não sei, mas acho que sua mãe não está muito contente, você vai ter um irmão ou uma irmã. De qualquer forma eu   espero   que minhas suspeitas não sejam confirmadas. Eu detesto esse lugar. Eu não quero perdê-la para esse lugar como perdi você.

Ivan não resistiu, ao terminar de falar como se o lugar fosse um confessionário se pôs a caminhar em direção ao poço.

Capítulo IX

Melissa ouvia passos e barulho de galhos se quebrando, ficou em alerta pensando que fosse algum animal ou até mesmo Marli ter voltado para lhe ajudar. Olhava atentamente para a claridade que vinha de cima quando uma cabeça foi colocada contra ela, não acreditou quando percebeu ser Ivan ali parado, ele olhava para o poço mas a escuridão não a deixava ver, ele parecia chorar. Ela levantou-se, não havia pedra que pudesse jogar para fazer barulho, apenas lama, tirou um dos sapatos e jogou para cima antes que ele fosse embora e com ele suas esperanças de ser salva.

Ivan ouve um barulho vindo de dentro do poço, deitou o tronco sobre ele para ver melhor na escuridão do lugar, não conseguia ver nada, não queria mais ficar naquele lugar que lhe trazia más lembranças, enquanto Melissa jogava o outro sapato tentando falar.

_Ivan....- ela o via parado enxugando o seu rosto. - Ivan! - falou um pouco mais alto, o desespero se abateu sobre ela quando Ivan não a ouvia e parecia que ia embora. - Ivan....Ivan – sua voz começava a clarear e a voltar a ficar mais alta. - Ivan. - gritou, sua voz ecoou por todo o lugar.

Ivan olhou para dentro do poço não acreditando, "devo estar maluco".

_Ivan! - ele ouviu novamente a voz de Melissa agora mais nítida.

_Melissa?

_Aqui embaixo.

_Meu Deus, é você mesma?

_Por favor, Ivan, me tira daqui, eu quero sair.

_Meu Deus não acredito.

_Ivan, por favor.

_Fique calma amor, vou chamar ajuda.

Ele pega o celular para ligar para os bombeiros.

_Logo estarão aqui, não se mexa.

Aqueles vários minutos que ali ficou pareceu-lhe eternos, conversava amenidades na tentativa de acalmar Melissa e não deixá-la dormir, ouvia o som das sirenes se aproximando.

_Falta pouco amor, eles estão aqui, vão tirar você dai.

Não demorou para que uma grossa corda fosse jogada para ela, olhava um homem descendo por ela.

_Você consegue se mexer? - perguntou ele.

_O meu pé doí muito.

Ele passou a corda por sua cintura.

_Tente segurar-se no meu pescoço.

Um outro bombeiro foi acionado para puxar os dois, ao sair do poço Ivan abraçou-a com força chorando. Ela sentia-se, embora com frio, aliviada, recebeu um cobertor sobre os ombros, foi colocada em uma maca e levada pela ambulância para o hospital da região. Ivan estava ao seu lado segurando-lhe as mãos geladas e machucadas, sua roupa úmida e suja de lama, a testa sangrava pela queda e o tornozelo imobilizado devido ao inchaço.

_Por sorte não quebrou o pescoço. - disse o enfermeiro que estava ao lado deles na ambulância.

Ivan ligou para sua casa avisando dona Estela para tranquilizá-la e contar o que tinha acontecido.

_Vou passar a noite no hospital com Melissa, ela vai ficar em observação. - disse – Ela e o bebê estão bem.

_Estou muito feliz que o senhor a tenha encontrado e bem. Pode ficar sossegado que tudo por aqui estará bem quando voltarem.

Ela desligou o telefone não sabendo que bem atrás dela estava Marli ouvindo tudo.

_Quem foi que Ivan encontrou?

_Ah, dona Marli não sabia que a senhora estava ai.

_Quem ele encontrou? - perguntou novamente agora com raiva na voz.

_Dona Melissa, ela foi levada para o hospital, mas está passando bem não se preocupe. Graças a Deus ela está bem e o bebê também.

O sangue fervia nas veias, Marli não suportava a ideia de Ivan a tê-la encontrado com vida, se ele tivesse demorado apenas alguns dias mais, ela já estaria morta.

Na manhã seguinte Ivan entra no quarto carregando várias caixas.

_O que é tudo isso?

_São roupas para você vestir. Não vou deixá-la sair daqui nua como pretendia.

Ela sorri da brincadeira, Ivan não costumava a ser assim e parecia feliz.

_Eu sentiria firo, não acha?

Ele a abraça.

Duas horas depois chegavam a fazenda, foram

recebidos por todos os funcionários que aplaudiram quando Melissa desceu do carro, dona Estela foi a primeira a abraçar a jovem.

_Seja vem vinda querida. - disse ao lado do marido.

Enquanto todos estavam ali recebendo a jovem, Marli se aproxima.

_Melissa, onde esteve querida, deixou a todos preocupada. Você gosta de chamar atenção menina, Ivan te procurou tanto.

Ela chegava de braços abertos na sua direção. Melissa desvencilhou deles saindo de perto dela.

_Venha amor, você precisa descansar. - disse Ivan abraçando-a

_Vou lhe preparar uma deliciosa refeição. - falava dona Estela caminhando ao lado deles e do marido.

Melissa sentia-se aliviada por estar de volta, estava apoiada nos ombros de Ivan entrando na casa, o esforço que fez no poço consumiu toda sua força, deitou-se na cama sendo servida de chá e bolo de milho, logo adormeceu ao lado de Ivan.

Marli não conseguia entender o que deu errado no seu plano, Ivan não chegava perto daquele poço nem que pagasse ele, estava na sala andando de um lado para o outro como um animal enjaulado de tão nervosa que estava com medo do que ela poderia dizer a Ivan. Ele estava com ela no quarto e não saia nem para o serviço diário, e dona Estela a enchia de mimos. Quando a velha senhora passou por ela não parou de ironizá-la dizendo:

_Já foi paparicar a melosa inútil?

_Não fale assim, o senhor Ivan não vai gostar.

_Pouco me importa o que ele goste ou não. Vou tirar ela dessa casa de um jeito ou de outro.

Dona Estela se aproxima dela.

_Você não vai fazer nada contra essa pobre moça.

_E quem vai me impedir? Você sua velha?

_Eu mesma! Marli, não acha que essa jovem já sofreu muito nas suas mãos?

_Nem a metade, ela sempre esteve no meu caminho, sempre.

_Você sabe que não é verdade, ela nunca fez mal a você.

_Ela sempre foi apaixonada pelo Ivan, todos na fazenda sabem disso, só aquele cego que não queria ver.

◆ ◆ ◆

_Porque ele tinha apenas olhos para você.

_Até agora! Onde ele está?

_Com a Melissa no quarto, ele não vai deixá-la depois do que aconteceu.

_Ele vai deixá-la sim, você verá. - Marli fez menção de sair da sala, foi segura por dona Estela pelo braço.

_Você não vai fazer nada, chega de vingança contra a pobre.

_Você não vai me impedir sua velha.

_Eu vou sim!

_Não tente se intrometer que pode sobrar para você e seu marido sua velha.

_Sempre estive aos seus serviços quando era a

patroa dessa casa, mas foi embora deixando o senhor Ivan sem nada. Eu não te devo mais nada minha senhora. Eu sei tudo o que você andou aprontando por esse mundo afora.

_Se abrir o bico eu te mato velha.

_Faça comigo o que quiser, mas vai deixar a Melissa em paz e o senhor Ivan também.

_Me solta sua velha maluca.

Marli dá um empurrão na senhora derrubando-a sobre a mesa de canto derrubando alguns quadros.

Dona Estela sabia que teria que fazer alguma coisa para impedir aquela mulher de prejudicar Melissa outra vez, como fez no passado. Ela foi caminhando a passos lentos para o quarto onde Ivan estava, bateu à porta sendo aberta por ele. Assim que abriu ela caiu em seus braços, estava sentindo uma dor forte e aguda no peito não conseguindo respirar direito.

_Dona Estela, o que aconteceu? Está pálida, venha sentar-se aqui.

Ivan a levou para uma poltrona que ficava ao lado do quarto no corredor.

_Estou melhor senhor.

_O que aconteceu?

_Eu preciso conversar com o senhor em particular.

_Na cozinha então.

_Não, lá podem nos ouvir. Vamos até ao meu quarto, me ajude a levantar.

_Acho melhor a senhora esperar um pouco para conversarmos depois.

_Essa conversa não pode mais ser adiada.

Eles se dirigiram até ao final do corredor,

atravessaram a cozinha e foram para a ala onde ficava os quartos de dona Estela e do marido. Ivan abriu a porta dando passagem para a senhora entrar, ele a colocou sobre uma poltrona.

_Tranque a porta senhor Ivan.

Ivan estranhou aquela atitude e todo aquele zelo por parte da senhora, mas não retrucou, seguia seus conselhos.

_O que a senhora tem de tão importante que tem que ser a portas fechadas?

_É sobre dona Marli.

_O que a senhora sabe que não me contou?

_Tudo meu filho, tudo! Acho melhor você se sentar, a nossa conversa vai ser longa.

Ele sentou-se a sua frente, ela foi relatando tudo o que aconteceu quando Marli ainda era sua esposa, e como soltou aquele touro do curral para que ele fosse atrás de Melissa quando ela ainda era uma criança, o que ela havia feito para que ele desistisse do casamento com a sua filha Paula e como Marli manipulou toda a história contra ela.

_Dona Estela, não consigo pensar em como fui um tolo todos esses anos.

_Escute com atenção meu filho, ainda tem mais. Eu sei que é dolorido para o senhor o que vou dizer, mas a morte de seu filho por pura negligência dela, eu a avisei por várias vezes sobre o menino que costumava a andar sozinho por aquele lugar, ela nunca me deu atenção. Estava sempre preocupada consigo mesma.

_Acho que também tenho culpa, estava preocupado com o gado mais do que com meu filho, deveria ter passado mais tempo com ele. Ela sempre me cobrou isso.

_Mas porque queria se livrar da criança, ela não

queria ficar olhando ele, achava que ele atrapalhava, sempre implicava com o menino está ao lado dela enquanto ele deveria brincar ou com o senhor.

Ele não respondeu, sentia-se responsável.

◆ ◆ ◆

_O que ela está fazendo agora é muito maldoso, o senhor não pensou nisso antes de trazê-la para casa?

_Não a trouxe, a senhora sabe que ela chegou aqui se impondo.

O que eu deveria ter feito?

_Mandado a embora. Aquele homem que andava com ela, o senhor ainda se lembra dele?

_Sim, como poderia esquecer.

_Ele não ficava longe dela quando vocês se separaram, como agora ela volta sozinha com uma desculpa dessas?

_A senhora acha que ele pode estar por trás de tudo?

_Tenho certeza filho, ele sempre fez a cabeça dela para lhe tirar tudo, agora a manda de volta sabendo que o senhor está se saindo bem para lhe tirar mais. E outra, eu não engoli aquela história dela de gravidez. Ela vive dizendo por ai que dormiu com o senhor, não acreditei nela, porque sei que quer fazer Melissa deixar o senhor.

Ivan não responde de imediato, ele tinha culpa no cartório e sabia disso, sentia-se culpado pela noite que passou com ela deixando-a seduzi-lo.

_Vou dar um jeito nessa situação, prometo a senhora.

_Tome cuidado, você sabe melhor do que ninguém

do que eles são capazes de fazer.

_A senhora tem razão, tenho que botar a cabeça pra funcionar.

_Estive pensando cá com meus botões.... - dona Estela foi contando a Ivan o plano que tinha na cabeça e por um fim na tirania de Marli mandando-a embora de uma vez por todas. - O que o senhor acha?

_A senhora é um gênio, acho que tem tudo para dar certo. Bom agora tenho que voltar, a Melissa pode precisar de mim. Como a senhora está se sentindo?

_Estou bem melhor meu filho, não se preocupe.

_Então vamos colocar o seu plano em ação.

Marli sabia que seu tempo naquela casa estava se esgotando, foi até a sala desculpar-se com dona Estela, não poderia tê-la como inimiga, não naquele momento, ela tinha que ser sua aliada se queria que tudo desse certo. Ela não estava na sala nem na cozinha como era o esperado, quando viu Ivan saindo do corredor onde ficava o quarto da senhora.

_O que estava fazendo ai? - perguntou ela quando o encontrou.

_Dona Ester não estava passando bem, está deitada para recuperar-se.

Ela desconfiou do jeito de Ivan, conhecia-o muito bem para entender nos seus gestos que ele escondia algo mais. "O que será que ele estava fazendo no quarto da velha? Será que ela contou alguma coisa?" pensava

No meio da tarde dona Ester batia à porta do quarto de

Marli.

_Entra! - diz com sua voz altiva

_Vim lhe trazer um chá, sei que a senhora gosta.

_Chá e biscoitos depois do que lhe fiz hoje? O que deu na senhora para me tratar assim?

_Pare de falar assim comigo, estou velha e cansada, não tenho tempo nem paciência para os seus joguinhos. Não está mais defendendo o seu casamento.

_Estou defendendo os interesses do meu filho.

_Ele não está ameaçado, você conhece muito bem o senhor Ivan, ele nunca ia deixar você grávida de um filho dele na miséria.

_Isso se o filho fosse dele até que poderia ser verdade. Dona Estela olha para ela.

_O que disse? Marli não acredito que aprontou com ele.

_Se abrir a boca eu mesma trato de matá-la com as minhas mãos.

_E por que eu falaria algo? Ele nunca ia acreditar em uma velha e jamais desconfia de você. Sempre soube como manipular a situação muito bem.

_Não abra velhas feridas.

_Não estou, apenas sei que ele não confiaria em mim.

_Claro que não, depois que deixou o meu Nico sozinho, não cuidou dele como eu mandei que fizesse.

_Já falamos muito sobre esse assunto, não vamos abrir mais essa ferida.

Marli olhava para aquela senhora de fisionomia abatida, olhar bondoso e cabelos grisalhos preso no alto da cabeça, ela colocava leite no seu chá e entrega para ela.

_E a donzela machucada como está? Ainda manipulando Ivan?

_Ela está bem, agora tome o seu chá, vou dormir, estou muito cansada.

_Quer dizer que ele ainda a está protegendo.

_E por que não estaria? Eu lhe disse que ele a ama.

_Não por muito tempo.

_Bom, vou ver se ela precisa de algo.

_Eu preciso de você mais do que ela.

_Ela precisa de mim agora mais do que você.

_Quando precisei da senhora, nunca esteve por perto. Ela se volta para Marli.

_Você sempre foi tão má para Melissa quanto foi para a minha Paula.

_Que isso dona Estela, a senhora sabe tão bem quanto eu que Paula sempre foi fraca, ou eu nunca teria conseguido tirar o Ivan dela. Quando o conheci ele era apaixonado por ela. Quanto a Melissa essa, sim sempre esteve no meu caminho, parecia que adorava Ivan de longe, eu sempre a pegava olhando para ele, observando-o de longe as escondidas, espreitando o exato momento de atacá-lo para tirar de mim. Ela estava ficando cada vez mais bonita e inteligente, enquanto eu já era mãe de um garoto. Ela costumava a interferir nos assuntos, seu pai dizia que era para ela aprender, mas eu via a real intenção dela, é exatamente o que faz hoje, quer tirar vantagem e Ivan dos meus braços.

_Por que não volta de onde veio? Aqui não é o seu mundo, você mesma dizia que não fazia parte disso, que não gostava da terra vermelha sobre seus pés, sujando seus sapatos.

◆ ◆ ◆

Quando saiu daqui dizia que ia ser feliz com o Jaílson, o que   aconteceu? Ela deu de ombros se afastando para a pequena penteadeira antiga e sentou-se a sua frente.

Dona Estela que acompanhava seus movimentos viu dentro do banheiro uma bota toda suja de barro.

_Depois que o dinheiro acabou, - ia dizendo Marli e dona Estela volta sua atenção para ela – ele me trocou por uma velha rica. Ele ainda me quer, mas não vou voltar, pelo menos não agora. Ivan está tão bem eu tenho que garantir que meu filho tenha um bom futuro. A senhor percebe porque não posso contar nada a Ivan. - ela segura o braço da velha senhora – Ele jamais deixaria que eu ficasse aqui se soubesse que não é o seu filho que estou carregando. Se ele soubesse o que fiz aquela donzela arrependida.

Dona Estela estava horrorizada.

_Você não a jogou no poço, diga que não fez isso Marli.

_Eu tinha que fazer alguma coisa ou ela tomaria lugar

do meu filho.

_Você não deveria ter feito o que fez, poderia tê-la matado e ao seu filho também. Você é uma inconsequente Marli.

_O que queria que eu fizesse? Olha tudo o que está em jogo, eu não poderia arriscar.

Marli falava abertamente sem desconfiar de que Ivan e dona Estela conheciam sua fama de língua solta, mas apenas dona Estela sabia como fazê-la falar para que

Ivan pudesse executar tudo propositalmente deixando a porta entreaberta para que ele ficasse no corredor ouvindo tudo.

_Acho que chegou a hora de você sair sua velha.

Dona Estela abriu mais a porta dizendo:

_Acho que chegou a sua hora de sair dessa casa de vez.

Marli levou um tremendo susto ao ver Ivan aparecer.

_Ivan.

_Eu mesmo.

_O que está fazendo aqui? O que vocês estão tramando?

_Nada, apenas ouvindo a boa conversa de duas senhoras. Desculpe, eu sei que sempre disse para meu filho não ficar ouvindo a conversa dos outros, mas não resistir.

_Ivan....

_Eu não vou cometer os mesmos erros com o meu filho que vai nascer.

Marli dá um sorriso tímido e coloca a mão sobre a barriga.

_Não é do seu filho que estou falando, e sim do filho que Melissa espera. Eu sei que você está numa situação delicada, esperando um filho. Mas, tenho uma proposta para lhe fazer, se estiver interessada.

_O que seria?

Ivan contou-lhe que lhe daria uma mesada para poder viver com o seu filho.

_Isso é pouco. - disse ela

_É o que tenho a lhe oferecer. Você tem dois braços fortes, boas pernas, pode trabalhar como todo mundo faz. Poderia volta a ser modelo fotográfico como sempre gostou. É minha última oferta, é pegar ou largar.

_Não tenho outra escolha, tenho?

_Não! - respondeu Ivan sorrindo.

Dona Estela havia saído elegantemente do quarto deixando os dois sozinhos, foi para o seu quarto onde seu marido já a esperava.

Capítulo X

Dona Estela estava na cozinha terminando o delicioso almoço, estava esperando todos voltarem para deliciarem-se dos seus pratos maravilhosos, ela estava tendo ajuda de seu marido.

_Coloque esse prato sobre a mesa Robério, por favor. - ela examinou tudo o que o marido trouxe da horta. - Que belos ovos essas galinhas botaram.

_Verdade e são grandes também. Eu trouxe bastante para o caso de você precisar para fazer uma torta, ou um bolo.

_Sei! - disse sorrindo das intenções do marido – Por isso você trouxe milho também, conheço você.

_Aceita minha sugestão e faz um bolo de milho, aquele que você sempre faz. - ele se aproxima da esposa lhe dando um beijo no rosto. - Eu adoro.

_Onde está o senhor Ivan querido?

_Conversando com a dona Marli.

_Será que ela aceitou a proposta dele?

_Espero que sim, para o bem de todos.

Ivan havia dito a Melissa tudo o que Marli havia dito sobre o filho que esperava, não tardou, aquele mesmo dia foi marcado pela partida de Marli. Ela foi embora mas não deixou de aprontar das suas, pegou as economias que Ivan guardava em cofre dentro do guarda-roupas.

Esperou que Melissa deixasse o quarto para poder entrar.
_Acho que isso não será problema.

_Melissa, ela levou tudo o que tínhamos.

_Ivan, com a fama que essa mulher tem, acha que eu não tirei a maior parte do dinheiro do seu cofre?

❖ ❖ ❖

Ivan sorridente agarrou-a beijando várias vezes.

_Você é terrivelmente maravilhosa e inteligente, isso me assusta as vezes.
_Obrigada.

Ivan foi até a gaveta da cômoda retirando de dentro dela uma pequena caixa de veludo azul, entregou a ela dizendo:
_Esta aqui a muito tempo para lhe dar.

Melissa abriu a caixa emocionada.

_Amor, você quer se casar comigo?

_Você fala sério?

Ivan pegou a aliança colocando-a no dedo fino de Melissa.

_Nunca falei tão sério. - disse beijando-a

_Sim, sim, depois desse beijo maravilhoso.

_Se você recusasse eu recorreria ao meu filho aqui para te convencer.
_Ou filha.

_Isso, ou que seja uma linda garotinha, tão bela quanto a mãe.

Os dias se passaram até que finalmente a data tão esperada chega, Melissa estava mais linda do que nunca em um lindo vestido branco, a fazenda toda coberta de véu branco e muitas flores de todos os tipos. Ivan preparou a festa de seu casamento com Melissa para ser a festa do ano, havia família, amigos e funcionários da fazenda. O padre Damasceno foi chamado para vir da capital para realizar o casamento, era um antigo amigo dos pais de Ivan, ele conhecia Melissa tão bem quanto ele e adorou ser lembrado pelo casal, mesmo já estando em idade avançada e na idade de aposentar-se de seu ofício religioso. A lua de mel os dois resolveram viajar para bem longe de todos para aproveitarem melhor o tempo juntos. Melissa fechou negocio com Moacir e compraram parte da fazenda que ficava na divisa, a primeira coisa que fizeram foi aterrar o poço enterrando assim uma parte dolorosa do passado. Ivan sentia-se feliz em finalizar aquele triste episódio que rondava sua vida. Sua vida ao lado de Melissa estava agora completa com a chegada de Rosa Maria.

Fim

ABOUT THE AUTHOR

Rute Lombano

Rute Lombano é Gestora Ambiental, trabalhou na secretária de meio ambiente e já publicou vários livros na Amazon e independentemente, o primeiro sucesso veio com Devorador  de Pecados e o segundo O Martelo do Inquisidor.